不要問我

東西著
王德芳圖

EX-LIBRIS

藏书票

鼠乐图 / 2009年 / 40cm×40cm

不要问我

精典名家小说文库　谢有顺 主编

东西

著

作家出版社

图书在版编目（CIP）数据

不要问我 / 东西著 . -- 北京：作家出版社，
2017.8（2018.5 重印）

（精典名家小说文库）

ISBN 978-7-5063-9656-1

Ⅰ . ① 不… Ⅱ . ① 东… Ⅲ . ① 中篇小说 – 中国 – 当代
Ⅳ . ① I247.5

中国版本图书馆 CIP 数据核字（2017）第 211231 号

不要问我

作　　者：东　西
责任编辑：丁文梅
装帧设计：精典博维·肖　杰
责任印制：李卫东　李大庆
出版发行：作家出版社
社　　址：北京农展馆南里 10 号　　邮　　编：100125
电话传真：86–10–65930756（出版发行部）
　　　　　86–10–65004079（总编室）
　　　　　86–10–65015116（邮购部）
E-mail:zuojia@zuojia.net.cn
http://www.haozuojia.com（作家在线）
印　　刷：河北画中画印刷科技有限公司
成品尺寸：125×185
字　　数：55 千字
印　　张：4.5
版　　次：2017 年 9 月第 1 版
印　　次：2018 年 5 月第 3 次印刷
ISBN　978-7-5063-9656-1
定　　价：38.00 元

目录

不要问我

1

正处在睡眠中的卫国，梦见自己的臀部被一只硕大的巴掌狠狠地拍了一板。他翻了一个身，想继续做梦，但臀部又挨了一巴掌。他睁开眼，看见顾南丹的手高高地扬着，快要把第三个巴掌拍下来了。卫国说我还以为是做梦呢。顾南丹说到站了。

所有的旅客都往门边挤。卫国跳到下铺穿好鞋，弯腰去拉卧铺底下的皮箱。但是，他把腰弯下去了却没有直起来。他的头部钻到了卧铺底，整个身子散开，再也没有力气爬起来了。顾南丹拍了他一下，说怎么了？卫国的头从里面退出来，额头上全是汗。他说我的皮箱呢？我的皮箱不见了。顾南丹弯腰看了一下，没有看见皮箱。她说是谁拿走了你的皮箱？顾南丹扑到车窗边，望着那些走下车厢的乘客，重点望着乘客手里的皮箱。

卫国的心脏像被谁捏了一下，紧得气都出不来了。他从车窗跳下去，追赶走向出口的人群。他的目光从这只皮箱移向那只皮箱，一直移到出口，也没发现他的那只。他又逆着出去的人流往回走，眼睛在人群里搜索。人群一点一点地从出口漏出去，最后全都漏完了，站台上只剩下他孤零零一个人。他坐过的那列车现在空空荡荡地驶出站台，上面没有一个旅客，下面也没有一个旅客。他看了一眼滚动的车轮，想一头扎到车轮底下。但是那会很痛，还不如选择一种不痛的。

当列车的尾巴完全摆出去后，卫国看见顾南丹还站在列车的那边，她的脚下堆着行李，身边站着一个男人。卫国想她为什么还不走？顾南丹笑了一下，朝他挥手。卫国想她怎么还笑，都什么时候了她还笑？她一笑，我的双腿就软。卫国蹲到地上。顾南丹和那个男人拖着行李朝他走来。顾南丹指着那个男人说，张唐，我的表哥。张唐向卫国伸出一只大手。卫国没有把手抬起来。张唐的那只手一直悬而未决。顾南丹也伸出一只手。他们每人伸出一只手，把卫国从地上拉起来，然后托着他的胳膊往外走。从顾南丹咬紧的牙关，我们可以断定卫国现在并没有用自己的力气来走路，他的胳膊和大腿都僵硬了。

他们把他架到车站派出所，让他坐到条凳上。值班警察杜质新拿出一张表格，开始向他们问话。杜质新说是什么样的皮箱？卫国比画着，说这么大，长方形的，棕色。顾南丹补充说皮箱上有两把密码锁，是他爸爸留下来的，知道他爸爸吗？卫思齐，著名核能专家，参加过中国的第一颗原子弹爆炸试验。顾南丹以为杜质新会对她的话题加以重视，至少也应该露出一点儿惊讶。但是没有，杜质新平静地问里面有些什么？卫国说有现金、证件、获奖证书和衣裳。杜质新说多少现金？卫国说三万。杜质新说怎么会有那么多现金？卫国说那是我的全部家产，我把几年的积蓄全部领了出来。杜质新说有那么多吗？卫国从凳子上站起来。顾南丹想他怎么有力气站起来了？刚才连路都不会走，现在怎么呼地一下站起来了。是愤怒，他的脸上充满了愤怒，出气粗壮，身体颤抖。他说怎么会没有？请别忘了，我是工业学院的教授，堂堂一个教授，怎么会没有三万块钱？

没有愤怒就没有力气。卫国一说完，就像一只漏气的皮球，重新跌坐到条凳上。杜质新说看来你们学院的奖金还不少。既然有那么多奖金，还来这个地方干什么？卫国说这个可以不回答吗？杜质新一合笔记本，说可以，就这样吧，有消息会及时告诉你。

2

张唐走出派出所，顾南丹也往门外走去。他们就这样走了，背影一摇一晃，还相互拍着肩膀，只留下卫国一个人坐在派出所的条凳上。看着他们远去的背影，卫国很想跟他们说一声再见。但是他的舌头发麻了，张了几下嘴巴都发不出声音。随着顾南丹他们的身影往外移动，卫国感到环境正一点一点残酷起来。我是不是该跟顾南丹借点儿钱？她会相信我吗？没有钱我将怎么生活？我连晚饭都吃不上。我会被饿死吗？可不可以讨饭？有没有人施舍？身上还有一件衬衣，一双皮鞋，它们可不可以换两餐饭吃？如果要跟顾南丹借钱，现在还来得及吗？卫国抬头看着顾南丹他们走出去的方向，他们的身影已经叠进别人的身影。完啦！卫国的身体里发出一声尖叫。

杜质新说你怎么还不走？想在这里睡午觉吗？卫国

说我在这里等皮箱。杜质新说哪有这么快就给你找到皮箱的，找不找得到还是一回事。卫国抬头看着派出所墙壁上的奖状和锦旗，说我没有地方可去，你就让我在这里等吧。杜质新说那你就在这里等吧，看你能等到什么时候！这时，卫国才发现自己的身子在发抖，他把微微颤抖的手伸到杜质新的面前，说烟，能不能给我一支烟？杜质新递给他一支香烟。

狠狠地抽了一口，卫国把吞进去的烟雾咳出来。他试探性地叫了一声杜警察。杜质新看着他，说什么事？卫国说你的烟真好抽。杜质新扬着手里的香烟，说知道这是什么烟吗？卫国摇摇头。杜质新喷了一个烟圈。卫国看着那个慢慢往上飘浮的烟圈，说你能不能先借点儿钱给我？杜质新说什么？你说什么？卫国说你能不能借点儿钱给我？杜质新又喷了一个烟圈。现在他的头顶上飘着两个烟圈。他对着那两个烟圈说笑话，我知道你是谁呀？如果你是骗子我怎么办？卫国说我怎么会是骗子呢？你认真地看一看，我像骗子吗？杜质新点点头，说挺像的。卫国说你才像骗子。杜质新从桌子的那边走过来，盯着卫国看了好久，说你说我像骗子？骂我骗子就别抽我的烟。杜质新夺过卫国嘴里的烟，丢进垃圾桶。一股烟从垃圾桶里冒出来。卫国想不就是一支烟吗？我怎么就沦落到了这种地步？如果我的皮箱不掉，一支烟算什么？

杜质新看着冒烟的垃圾桶，说不是我不肯借给你，只是我不知道你是谁。卫国说我是卫国。杜质新掏出自己的证件，说你有这个吗？你能证明你是卫国吗？你能证明你是卫国，我就借钱给你。卫国说你不是不知道，我的证件和皮箱一起掉了。杜质新说那我就没有办法了。卫国站在那里想我不是卫国又是谁？没有证件，我就不是卫国了吗？卫国发了一会儿呆，走出派出所，刚走两步，就觉得双腿发软，于是席地而坐，头部靠在派出所的门框上。行人从他的眼前晃过。他不知道他们是谁，就像他们不知道他是谁。下一步我该怎么办？卫国闭上眼睛，感觉时间飞了一下，也不知道自己飞到了哪里。他让自己的身体放任自流，就像水花四溅，溃不成军。放吧，流吧，我根本就不想把你们收回来。

放纵了一会儿，卫国突然听到有人叫他的名字。睁开眼，他看见顾南丹站在面前正低头叫他。卫国说你怎么还没走？顾南丹说我们一直在等你。等我干什么？等你一起走。我没有地方可走。我给你安排了一个住的地方。我的口袋里一点儿钱也没有。不要你花钱。算了吧，我们只是萍水相逢。如果你真的同情我，就借几百块钱给我，等我一找到皮箱就还你。只是怕你把钱花光了，还没找到皮箱。走吧，我们旅行社有一个宾馆，随你住到什么时候。卫国抬头，看着顾南丹。顾南丹说走呀。卫国说我站不起来，我这里没有一个亲人，在西安也没有，从来没人对我这么好，突然有人对我好，我就站不起来了。顾南丹说你站给我看看。卫国用手撑着派出所的门框，慢慢地延伸自己的身体，当他快要伸直时，双腿晃了一下，身体滑向地板。顾南丹伸手拉了卫国一把。卫国重新站起来，拍打着屁股上的尘土。

卫国虽然站起来了，但身体却还有些僵硬。顾南丹绕到他身后推了推，就像机器突然发动，他的双腿徐徐向前迈进。为了加快速度，顾南丹又推了他一把。卫国说别这样，你的男朋友会有意见的。顾南丹说谁是我的男朋友？卫国说他不是你的男朋友吗？顾南丹说我不是跟说过了吗？他是我表哥。卫国"啊"了一声，仿佛重新有了记忆，跟着顾南丹钻进张唐的轿车。卫国说谢谢，真是太麻烦你们了，如果皮箱不掉，我就可以打的。顾南丹说可是，现在它已经掉了。

3

顾南丹在迎宾馆为卫国开了一间房。卫国跟着顾南丹走进房间。她按着墙壁上的一个开关说，这是空调开关。她走到床头，指着床头柜上的一排开关说，这是电视开关，这是门铃开关，只要按一下，就可以不受门铃的干扰。这是电话，拨一下9，就可以打外线电话，有事可以拷我的BP机。如果要打长途必须到总台去交押金。这是壁柜，里面有晾衣架，衣服可以挂在里面。这是拖鞋，这是卫生间，这是马桶，这是卫生纸，这是梳子香皂浴巾淋浴开关，这是洗发液，这是淋浴液，记住千万别搞混了。正说着，顾南丹突然大笑，笑得腰都弯了下去。卫国发现她在尽量抑制笑声，但是笑声却势不可挡地从她嘴里冒出来。卫国以为自己忘了拉上裤裆的拉链，对着镜子检查了一遍自己，没发现什么可笑的。但顾南丹仍然笑个不停，她笑着说有的人，特别可笑，他们……竟然拿洗发液洗身体，拿沐浴液洗头发，身体又不是头发，想想都觉得……卫国想这有什么好笑的？这一点儿也不好笑。

傍晚，宾馆服务员给卫国送了一份快餐。卫国几大口就吃完了。吃完之后，卫国摸着鼓凸的肚子想回忆一下快餐的味道。但是他怎么也回忆不起来，快餐根本就没有味道，快餐有味道吗？没有，就像木渣，没有任何味道。卫国想我的鼻子是不是出了问题？他跑进卫生间，坐到马桶上。坐马桶有气味吗？没有。

在没有任何气味的房间里，卫国沉沉地睡了一觉。第二天早上睁开眼，他最先看见搁在床头柜上的电话。一看见电话，他的手就痒，就想给谁挂个电话呢？顾南丹？杜质新？他想还是先给杜质新挂吧。杜警察吗？我是卫国。卫国？卫国是谁？是昨天报失皮箱的人，是想跟你借钱的人，是教授的那个人。啊，想起来了。我想问一问皮箱找到了吗？放屁也没这么快呀，你就耐心地等吧。卫国放下电话，看见一个牛仔包静静地立在沙发的角落。这是顾南丹的牛仔包，昨天她没拿走，会不会是留给我的？卫国小心翼翼地打开，里面是化妆品和一些洗漱用具。不是留给我的。他把鼻子伸到包口嗅了嗅，嗅觉功能还没有恢复。但是他看见了那把缠满头发的牙刷。他掏出牙刷，把上面的头发一根一根地解开，然后又一根一根地缠上。解开。缠上。卫国就这样打发了一天。

第二天早上醒来，卫国搓搓手，一再提醒自己不要操之过急，不要给杜质新打电话。那么，现在我干什么呢？他拉开窗帘，在房间做了四十个俯卧撑，泡了一个热水澡，看了一会儿电视，所有的动作都比平时慢半拍，故意不慌不忙，但心里却一直惦记着电话。他的手又痒了。现在看来右手比较痒，他用左手掐住右手，想拖延一下时间，仿佛越拖延越有可能听到好消息。可是，他的右手不听左手的劝阻，急吼吼地伸向电话。电话拨通了，杜警察吗？我想打听一下我的皮箱。杜质新说这就像大海里捞针，你要理解我们的难处，这比登天还难。那么说你们是不想找了？不是我们不想找，实话告诉你吧，是根本就找不到。那怎么办？我的全部家产，我的全部证件，你得帮我想想办法。我只能对你表示同情。

对方把电话挂断了，卫国举着话筒迟迟不肯放下。他发现床头柜上放着一盒火柴，打开数了一遍，一共有二十根。这是宾馆里特制的火柴，是专门为二十支香烟服务的。他把火柴棍向着房间的四个角落撒去，火柴盒空了。他开始弯腰在角落里找那些撒出去的火柴棍。他发誓要把它们全部找回来。如果我能把这二十根火柴棍全部找齐，那么杜警察就没有理由找不到我的皮箱。由于角落里摆着桌子、衣柜、沙发，他必须搬动它们。于是他的头上冒出了汗珠，身上越穿越少，最后只穿着一条裤衩，像一个正在做家具的民工，正努力地使那些家具摆得整齐有序。

这样忙了半天，他躺在床上就睡着了。醒来时，也不知道是什么时间，窗外阳光像火一样烤着马路。他没有放弃希望，又给火车站派出所挂了一个电话。对方问他找谁？他说找杜质新。对方说他已经调走了。卫国一惊，说他调走了，那就拜托你接着帮我侦破，忘了告诉你们，我的皮箱里还有一个重要证件。什么证件？政协委员证，我是政协委员，请你们一定要对一个政协委员的皮箱负责。对方啊了一声。卫国说记下了吗？对方说记下什么？卫国说请打开你们的记事本第十五页，在我的遗失物品后面补上政协委员证一本。对方说记下了，你的名字叫卫国吗？卫国说没错。

4

天刚发亮，卫国就来到市人事局门口。还没有到上班时间，他只好站在门口等。等了几秒钟，他的身后站了一个人，两个人，三个人，站在他身后的人愈来愈多。他已经数不清是多少个了。一个小时之后，人事局的大门打开，卫国第一个冲到三楼处级招聘考试报名处。

接待者说请你出示一下有关证明。卫国摸了一遍衣裳，说我的所有证件都装在皮箱里。接待者说请你打开皮箱，把证件拿出来。卫国说我的皮箱在火车上被盗了。接待者说没有证明就不能报考，我们不可能让一个不明不白的人报考处级干部。卫国说我是不明不白的人吗？接待者说我只是打个比喻。卫国说可是我的皮箱真的掉了，我的皮箱里不仅装着证件，还装着三万多块钱。接待者说多少？卫国说三万。接待者摇摇头，说不可能，这么重要的皮箱怎么会掉？卫国说可是它真的掉了，里面不仅有钱，还有政协委员证、教授资格证，有人可以为我证明。接待者说你的皮箱与我无关，我只要能够证明你的证明。卫国说要证明这个容易，你知道牛顿吗？接待者摇摇头。卫国说牛顿是力的单位，使质量一千克的物体产生一米每平方秒的加速度所需的力就是一牛顿。一牛顿等于十的五次方达因，这个单位名称是为纪念英国科学家牛顿而定的，简称牛。这个牛，能不能证明我是物理系的教授？接待者哈哈大笑。卫国说如果你不信，我还可以用英语跟你对话。接待者说下一个。

卫国回头，看见身后排着一条长长的报考队伍。他们的手里要么摇着扇子，要么摇着杂志，反正他们的手都没闲着。卫国从办公室里走出来，才发现这支报考者的队伍从三楼排到一楼，又从一楼排到马路上。卫国已经走到马路上了，还没有看到队伍的尾巴。报考者们贴着楼房一直往下排，排到路口处还拐了一个弯，就像一条河流在那里拐了一下。阳光直接晒着楼外这群人的头顶。他们大部分是秃顶，一看就像处级干部。他们手里的扇子像虫子振动的翅膀，摇动的速度比室内的那些人要快一倍。有的人干脆把扇子顶在头上，充当遮阳伞。

卫国对着那些排在楼底下的人喊，有没有从西安来的？排队的人全都把头扭向他，他们顶在头部的扇子纷纷坠落，但没有人应答。这时他感到额头上有一点儿冰凉，一点儿冰凉扩大成一片冰凉，一片冰凉发展为全身冰凉。排队的人群出现混乱，有的人从队伍里跑出来躲到屋檐下。卫国抬头望天，雨点砸进他的眼睛。他在屋檐下找了一个地方。有一个人挤到他身边，说我是从西安来的。卫国说那我们是老乡？我的皮箱掉了，一分钱也没有了，证件也全没了。老乡摆摆手说我不是西安的，我是宁夏的。他一边说一边冲进雨里。卫国看见在瓢泼的大雨中，还有人在坚持排队。因为雨的作用，队伍缩短了一大截，坚强的人因而离报名处愈来愈近。那些怕雨的躲到屋檐下的人，看见排在自己身后的人挤了上来，又纷纷跑入雨中抢占自己的位置。但是他们已回不到原先的位置，那位先称西安后说宁夏的人，就排到了队伍的尾巴上。

卫国走入雨中，让雨点像皮鞭一样抽打自己。地上蒸起一阵热浪，雨点出手很重，卫国有一种遍体鳞伤的感觉。他的眼睛和嘴巴里灌满雨水。当他走到宾馆门前时，雨点来势更为凶猛，把门前的棕榈树打得噼里啪啦地响，几盆软弱的海棠已经全被打趴。他离宾馆只十步之遥，但却不走进去，像一根孤独的电线杆站在雨里，让雨鞭抽打。几个大堂的服务员跑到门口，看见卫国裤裆前有一巴掌宽的地方尚未被雨淋湿，现在正被雨水一点一点地侵吞。有人向他递了一把雨伞，他未接。雨伞落在地上，被风吹到离他十米远的地方躺着。所有的服务员都朝他招手，有的还急得跳来跳去。她们说你这样淋下去会出人命的。卫国像是没有看见，也像是没有听见。在雨水的冲刷下，衣服和裤子紧紧地贴到卫国的肉皮上，他的身体渐渐地缩小，愈来愈苗条。

半个小时过去了，一个小时过去了，一个小时又三十一分过去了，雨水终于打住。卫国走回宾馆，他走过的地方留下一条粗糙的雨线，一个服务员拿着拖把跟着他走。他走一步服务员就拖一下地板。卫国的全身没有一处是干的。他把衣裤脱下来拧干，挂到卫生间里，想还是好好地睡上一觉吧。他刚睡下，就听到一阵门铃声。他以为是服务员要打扫卫生，按了一下"请勿打扰"。门铃声消失了，门板却急促地响起来。卫国跳下床，从猫眼里往外看，看见顾南丹手里提着一个塑料袋站在门外。卫国想糟啦，现在连一件可穿的衣服都没有。他抓了一条浴巾围到身上。

顾南丹从塑料袋里掏出一查衣服，说穿上吧。卫国说不穿。顾南丹说服务员打电话告诉我，说你淋得像个落汤鸡，穿上吧，不穿会感冒的。卫国双手抓着浴巾，站在地毯上发抖。顾南丹看见他的嘴唇都已经发紫了。顾南丹说难道要我帮你穿上吗？卫国说我的皮箱里有许多衣服，全是名牌，有一套法国的黛琳牌，两件日本的谷里衬衣，我只穿自己买的衣服。顾南丹说你的皮箱找到了？卫国说没，那么好的衣服都丢了，现在我连穿衣服的心都没有了。顾南丹说我买的服装比你的牌子还有名。卫国说不是名不名牌的问题，而是自我惩罚的问题，除非找到我的皮箱，否则我再也不想穿衣服了。顾南丹坐到沙发上，说你会感冒的。卫国抽了一下鼻子，身子愈抖愈厉害。

顾南丹打开一件衬衣的纸盒，又打开塑料袋，拿下衬衣上的别针，把衣服披到卫国的身上。一股浓香扑入卫国的鼻孔。他嗅到了顾南丹身上特有的气味，这种气味使他快要跌倒了。他抱住顾南丹。顾南丹发出一声惊叫，脑袋缩进肩膀，双手合在胸前，身子比卫国还抖。卫国说你好香，然后用他的嘴巴咬住顾南丹的嘴巴。卫国说南丹，我想和你睡觉。顾南丹把嘴巴从卫国的嘴巴里挣脱出来，说你好流氓。卫国心头的伤疤，现在被狠狠戳了一下，颤抖于是加倍了。他在颤抖中沉默，沉默了好久，才小心翼翼地说如果不是我父亲，我不敢这样。顾南丹说这和你父亲有什么关系？卫国说我一直保存着父亲的一封信，信上说如果哪一位姑娘给你买衬衣，又愿意把衬衣穿到你身上，那么你就娶他为妻，这样的女人一定是贤妻良母。顾南丹说骗我，一个搞原子弹的人哪会有这么浪漫？卫国说别忘了，他留过苏。顾南丹说信呢？让我看看。卫国低下头，说你又不是不知道，我的皮箱丢掉了，信就在皮箱里，它们一起丢掉了。

5

卫国只穿着一条裤衩在房间里走来走去，他不出门，也拒绝穿顾南丹给他买的衣服。顾南丹临走时用那个牛仔包把卫国湿透的衣服席卷而去，并留下一句话：你什么时候把我买的衣服穿上了，我就什么时候来看你。卫国说除非我能找回皮箱。顾南丹说那你就等着皮箱从天下掉下来吧。

　　一天晚上，正在弯腰捡火柴棍的卫国听到房间里铃声大作。铃声是欢快的，他想这一定是一个好消息，也许是关于皮箱的。卫国扑到床头拿起话筒，电话却忙音了。卫国耐心地等着，相信它还会响第二次。等了好久，电话没响，卫国后悔刚才因为捡火柴棍没能及时把脑袋从柜子后面退出来，因而耽误了接电话的时间。他看着手里的十几根火柴棍，想我再也不能捡火柴棍了，我这是玩物丧志。他把火柴棍丢进纸篓，也想把顾南丹遗忘在床头柜上的那把牙刷丢进纸篓。他举起缠满发丝的牙刷，电话铃再次响起来。他迅速抓起话筒，听到顾南丹说快下楼吧。下楼干什么？我带你去见一个人。我的衣服呢？我不能赤身裸体地去见人吧？我不是给你买新的了吗？对，对不起，我只穿自己的。下不下来由你，是关于考试的事情。听说是关于考试的事情，卫国手脚并用，赶紧把顾南丹买给他的衣裤往身上套，衣裤发出轻微的撕裂声。他一边穿一边往外跑，跑到走廊上，手还在拉裤子上的拉链。

　　顾南丹坐在一辆白色轿车里。卫国走到车边。顾南丹打开车门，把卫国从上到下扫描一遍，说穿上我买的衣服，你并没有哪里不对劲。卫国说只是心里有点儿不习惯，从小到大我都是自己买衣服，不到两岁，母亲就病死了，我对她没有一点记忆。顾南丹说这情有可原，我还以为碰上了一个精神不正常的。车子晃了两下，冲出迎宾馆，跑上马路。顾南丹从反光镜里观察卫国，发现他的一只手放在衬衣的风纪扣上，把风纪扣扣上了又解开，解开了又扣上。卫国说你要带我到哪里去？

　　车子停在一幢住宿楼前。顾南丹叫卫国跟她一起上楼。卫国跟着她一步一步地往上走，走到三楼，顾南丹按了一下门铃。一颗秃顶的脑袋从门缝里探出来，对着顾南丹傻笑，说来啦。顾南丹说主任，我把人给你带来了。主任偏着头看顾南丹身后的卫国，看了一会儿，他关上门。当他再次把头探出来的时候，鼻梁上多了一副眼镜。他戴着眼镜看了一会儿卫国，说进来吧。

他们跟着主任穿过宽大的客厅，走过两扇木板包过的房门，进入第三个房间。卫国看见一位老太太睡在床上，眼睛闭着，上身光着，下身穿着一条宽大的花短裤，手里拿着一把扇子正在摇。主任说这是我母亲，她特别怕热，但又不适应空调。顾南丹说你去接电话吧，这事就交给我们了，最好把伯母叫出去。主任用粤语叫他母亲。他母亲连眼皮都不抬一抬，嘴里嘟哝着。主任说她不愿出去，你们干吧，不会影响她的。主任走出房间，顺手把门关上。

顾南丹指指门角，说我们干吧。卫国看见门角摆着锤子、老虎钳、三角梯和一个装着吊扇的纸箱。卫国说原来你是叫我来干这个？顾南丹摆摆手，生怕惊动睡在床上的老太太。卫国用英语骂了一声狗屎，我是教授，不是装吊扇的，我根本就没装过吊扇。卫国想不到顾南丹竟然也会英语。她用英语说，我说你的证件掉了能不能先考试，然后再回去补办证明？主任问我你是干什么的？我说你是物理系的教授，是学物理的。他说学物理好，我家里正需要装一台吊扇，你叫他给我装装。

尽管难看，甚至有可能还有口臭，卫国还是张大了惊讶的嘴巴，说你怎么会说英语？顾南丹说你以为光你会吗？卫国咂咂嘴，打开三角梯，拿着老虎钳爬上梯子，开始扭天花板上那根裸露出来的垂直的钢筋。他要先把这根钢筋扭弯，才能把吊扇吊到上面。但这根钢筋很硬，卫国用老虎钳夹住它，用锤子敲打它，一心想把钢筋敲弯。汗水很快就浸湿了卫国的衣背，他敲打钢筋的速度愈来愈快，愈来愈有力量，像是在敲打自己的仇人。顾南丹手扶梯子，不断地提醒卫国慢点儿，小心点儿。由于钢筋弯得太慢，再加上顾南丹的不停唠叨，卫国变得有点烦躁。他已经把锤子敲到了天花板上，上面已敲出几个凹坑。顾南丹轻轻地叫道别把天花板敲烂了。卫国说想别敲烂就让他自己来，为什么不到街上去找一个民工？顾南丹说他害怕，有许多找民工的，后来家里都挨偷了。卫国说狗屎。卫国说"狗屎"的时候，铁锤从木把上脱离朝着老太太睡的方向飞去。锤子还在飞翔，卫国已经从梯子上滑下来，吓得双腿哆嗦，跌坐在地板上。顾南丹的目光跟着锤子一起飞到老太太的床头，看见铁锤落在离老太太枕头一厘米远的地方，差一点儿就砸到她的头部。

就在这么危险的关头，老太太也没有睁开眼睛，她摇扇子的手明显慢了下来，好像是已经睡着了。卫国说我从来没装过吊扇。顾南丹把脱出去的锤子递给卫国。卫国说就连我自己装吊扇都请民工，我从来没干过这活儿。顾南丹拿稳锤子，爬上三角梯，说你非得要我亲自干吗？卫国没想到她还能干这个，正迟疑，顾南丹已举起柔软的手臂。铁锤朝着钢筋狠狠地砸去，锤子没有砸着钢筋，却砸到了顾南丹的手。鲜血从她的手指涌出，她痛得像含了一只鸡蛋那样张开嘴巴，却没有发出

月季花开 / 2016年 / 40cm×30cm

菊香 / 2015年 / 96 cm × 36 cm

声音，有痛不敢喊，惊叫被控制在嘴里。卫国赶紧把她从梯子上拉下来，在老太太的床头拿了一包纸巾，为她包扎手指，不停地往她的手指上吹风，想以此减轻她的疼痛。顾南丹说别吹了，它已经不痛了。卫国说你这一锤，好像是我砸的。顾南丹说要干就上去，不干就走人。卫国说你好好坐着，我这就上去，不把它干好我就不下来。卫国提着锤子重新爬上三角梯，屋子里又响起了单调的敲打钢筋的声音。尽管敲打声很响，但老太太并没有醒，她手里的扇子已掉到床下，她已经完全彻底地进入了梦乡。

一个小时以后卫国装好吊扇，他打开开关，闷热的屋子里突然灌进一股凉风。老太太终于睁开眼睛，这是她在卫国他们进入房间后第一次睁开眼睛。她对他们说"先克由"。卫国以为她是在说粤语，但认真一听，才知道她是在用英语向他们说谢谢。卫国想难道老太太也会英语？卫国和顾南丹对望一眼，彼此都笑了。

主任推开门，仰头看看转动的电扇，说还是学物理好呀，小顾，明天你就去办准考证吧。顾南丹说了一声谢谢，向主任告辞。主任把他们送到楼梯口，拍着卫国的肩膀说，你知道钦州港是谁最先倡导修建的吗？卫国摇摇头。主任说毛泽东，回去以后好好地复习一下，多了解这里的历史。卫国说好的。顾南丹说主任，我想问一问伯妈过去是干什么的。主任说国民党的时候，她是英语老师。

6

带着一身劳动的臭汗，卫国钻进顾南丹的车子。他打开箱盖，把那些磁带翻了一遍，又低头看坐凳的底部，差不多把坐凳都撕开了。顾南丹说你找什么？卫国说白药。顾南丹说没有。卫国说我的皮箱里就长期备有一瓶白药，如果它不丢掉，我就可以给你包扎伤口。顾南丹说我早把伤口给忘了，只不过砸破了一点儿皮。我们去游泳吧。卫国说先去医院包扎你的手指。顾南丹说我的手指不用包扎。卫国说包扎。顾南丹说游泳。

在他们的争论声中，车子停到了一家桑拿健身中心门口。顾南丹说下去吧，里面可以游泳可以桑拿。卫国坐在车上不动。顾南丹推了他一把，说下去呀。卫国说你自己去。顾南丹说为什么？卫国说你不包扎手指，我就不去游泳，你不包扎连我的手指都痛。顾南丹说你不去，我可去了。卫国说去吧，我在车上等你。顾南丹提着泳衣，朝健身中心走去。卫国看见大门就像一个黑洞，把顾南丹一口吞了进去，但是立即又把顾南丹吐出来。她回到车上，狠狠地撞了一下车门，说你真固执。

医生捏着顾南丹的手指，说这么一点儿伤口包不包无所谓。卫国说怎么无所谓？如果感染呢？医生说你是她什么人？卫国说我是她家属。医生说那就包一包吧。卫国说我建议你还给她打一针。医生说不用了。卫国说怎么不用，如果得了破伤风怎么办？医生说那就打一针吧。顾南丹听医生这么一说，五官都扭曲了。她说我最怕打针，还是不打吧。卫国说怎么不打？打。医生把长长的针头对着顾南丹，顾南丹看见针头就哎哟哎哟地喊起来。医生说你喊什么，针头都还没有碰到你的屁股，你喊什么？顾南丹刚一停止喊叫，医生就把针头扎下去。顾南丹的眼睛鼻子嘴巴长久地凑到一块，卫国几乎认不出她了。

打完针，他们重新回到健身中心。顾南丹走路的姿势发生了翻天覆地的变化，重心总向刚打针的那半边屁股倾斜。由于刚刚包扎伤口，她不敢游泳，戴着一副墨镜，要了一瓶饮料，坐在泳池旁的一张桌子边看卫国游。卫国的身体很结实，胸前那一撮毛尤其显眼。泳池里有许多人，他们有的游得很专业。卫国只会狗刨式，于是在泳池里拼命地刨着。他刨一会儿，就看一眼顾南丹。卫国发现在离顾南丹不远处坐着一位头发花白的妇女，她的手里拿着一副望远镜。她不时地把望远镜放到眼睛上，对着卫国看。

在顾南丹开车送卫国回宾馆的途中，顾南丹的拷机响了两次。顾南丹说我爸爸拷我，我得赶快回去。她飞快地掉转车头，叫卫国自己打的回宾馆。卫国说我跟你一块儿回去。顾南丹说那怎么可能？没经过爸爸妈妈的同意，我根本不敢带人回家。卫国说你那么怕你爸爸？顾南丹说怎么会不怕？我怕死我爸爸了。她打开车门示意卫国下车。卫国把车门拉回来，想吻一吻顾南丹。顾南丹躲过卫国的吻。卫国钻出车子，头在车门框碰了一下。

7

面向全国招聘二十名处级干部的考场，设在市一中新起的教学楼里。顾南丹开车把卫国送到一中门口。卫国看见考场外站满了考试的人们，他们三五成群，有的手里还拿着复习资料。大家都在交头接耳，由无数细小的声音组成的巨大声浪，在他们的头顶嗡嗡地盘旋。好多人的脸上提前挂上了处级干部的表情。卫国说我有点儿紧张。顾南丹从包里掏出一支钢笔递给卫国，说希望你能考上，我爸爸说了，只要考上他就见你。卫国说考不上呢？顾南丹说就不见你。卫国说你这样一说我就更紧张了。顾南丹说我爸讲最先倡导修建钦州港的是孙中山，千万别答错了。卫国说你爸的答案和主任的答案有出入呀，到底听谁的？顾南丹说当然是听我爸的。

顾南丹把卫国推下车，推着他朝考场的方向走，就像做游戏的孩童，她只管埋头推着，前边的路交给卫国指引。好多考生都扭头看着他们。卫国说别这样，他们在笑话我们。卫国这么一说，顾南丹突然就笑了。她的笑声很清脆，就像文学作品里比喻的那样，简直就是银铃般的笑声。她的笑声划破了考生们头顶上严肃认真的气氛，但考试的哨声没有让她的笑声延长，哨声打断了她活泼可爱的笑。

等待者们都心情复杂野心勃勃，她们大都是女性，大都是考场里男人们的妻子。校园有限的铁门把这群充满无限希望的妇女挡在外面，她们站在铁门外默默地祈求自己的丈夫官运亨通。很快从考场里出来一副担架，第一个昏倒在考场里的考生被抬出来，人群发生骚乱。一看见担架，顾南丹担心起来。她率先冲出人群，跑到担架边，喊了几声卫国，才看清躺在担架上的人不姓卫也不叫国。她转过身，看见比她慢半拍的人群像一股洪流拥向担架，每个人的嘴里都呼喊着一个名字。

一阵混乱之后，人群纷纷散开，最终只有一个哭声留下来。这个声音这样哭道：你怎么这么不争气呀，你怎么昏倒了呀？你昏倒了孩子怎么上重点中学呀？我们怎么住上三室一厅呀？我们春节回家怎么会有小车坐呀？你昏倒了我们的钱不是白花了吗？我们哪里还有脸回东北呀……顾南丹想不到这一场考试会和这位少妇哭出来的这么多事情有关，她突然感到身上发冷。

卫国几乎是垂头丧气地走出考场的。他在试卷上看到了那道题目：最先倡导修建钦州港的人是谁？卫国为这个题目浪费了整整十一分钟。让我们来呈现一下卫国的十一分钟吧：从感情上讲，他愿意相信最先的倡导者是孙，这种相信缘于他对顾南丹的相信，尽管他没有查过资料。但是那个秃头主任说是毛，不能不说有一定道理，在相当长的一段时间里都是毛说了算，他说了那么多话，难道就不会不小心说到修建钦州港吗？再说主任也有可能看到我这张试卷，那会产生什么样的结果？当主任看到这张试卷和他的答案不一致时，他会怎么想？他一定会心潮澎湃。他会想姓卫的这小子，竟敢不听我的。不听我的你听谁的？卫国想既然会产生这么一些后果，那我为什么不填毛呢？经过十一分钟激烈的思想斗争，他终于写上主任提供的答案。写上这个答案后，他的心就乱了，他不敢保证他的答案就一定正确。

铁门外是黑压压的人群，卫国没有看见顾南丹。他看见许许多多只少妇白皙的手从铁门的空隙伸进来。她们的头快挤扁了。她们的手里拿着面包、健脑液、心血康、毛巾和清凉饮料。卫国从那些混乱的手臂中，接过一瓶清凉饮料慢慢地喝着。等他把这瓶饮料喝完，人群散去三分之一，被困在人堆里的顾南丹才渐渐地鲜明。她一下就撞到了卫国的眼睛上，问考得怎样？卫国说没有把握，如果皮箱不掉，我会考得更好。顾南丹说为什么？卫国说皮箱里有几本复习资料，今天考卷上的题目大部分都在上面，我原本想到北海后认真复习复习，谁想到它会丢失。顾南丹说快把你的烂皮箱忘掉吧，新生活就要开始了。

8

卫国提心吊胆地等待着考试结果。顾南丹一个电话也不打来，卫国等得喉咙都干了。一天，顾南丹提着一套新买的夏装来到宾馆，命令卫国赶快换上。卫国问是不是考上了？顾南丹点点头，从挎包里掏出一把自动剃须刀。卫国接过去，剃须刀像掘进机那样哗哗哗地在他嘴边转动，屋子里响起铺张浪费的声音。顾南丹又掏出一瓶摩丝喷到卫国的头上，为他定了一个发型，空气中飘浮着奇怪的味道。

一幢一幢的小楼晃过卫国的眼前，卫国说是不是这幢？顾南丹说不是。卫国说一定是这幢？顾南丹说不是。卫国说那我就不猜了。卫国一不猜，车就突然刹住。卫国的头撞到车玻璃上。顾南丹说到了。卫国跟着顾南丹往一幢门前栽着紫荆花的楼房走去，他的目光跨越顾南丹的肩膀，看见一位头发花白的大妈和一位腰间系着围裙的姑娘站在门口，她们用力拍打双手，欢迎卫国的到来。卫国觉得这位大妈十分面熟，但一时又想不起在哪里见过。顾南丹指着大妈说，这是我妈妈。大妈进一步微笑，脸上的皱纹堆得更多，表情更为慈祥。她说小伙子，你的身体很结实，我很满意。卫国说你是说我吗？大妈说不说你说谁呀？卫国说你怎么知道我的身体很结实？大妈说我连你的汗毛都看清楚了。卫国奇怪地看着顾南丹，怎么也想不起在哪里见过这位大妈。他把童年生活过的地方想了一遍，把父亲的同事想了一遍，把自己的亲戚和朋友都想一遍，还是没有想起这位大妈。卫国说阿姨，我好像在哪里见过你。大妈说见过见过，在游泳池见过。卫国的脑袋像被谁敲了一下。他终于明白，在游泳池里拿着望远镜盯住自己不放的人，就是顾南丹的妈妈。卫国忽然感到腿软。

　　他跟着顾南丹往楼上走，每往上走一步肩上就约重五公斤。他用双手托住栏杆，一步一步把自己拉上去。二楼有好几间房，还有一条长长的走廊和一个卫生间。卫国听到第三间房里传出一声断喝：口令。顾南丹说黄河。里面说进来。卫国和顾南丹走进房间。卫国看见顾南丹的爸爸顾大局躺在床上，他的枕边放着搪瓷茶盅和药片。卫国怎么也想不到顾南丹爸爸会是这么一副模样，由于坐骨神经有毛病，他几乎不能起床，加上心脏不好，生命随时都处在危险之中。他的眼睛频繁地眨动，眨了一会儿说是你，想做我的女婿？卫国说是。他突然从枕头底下摸出一把气手枪，指着卫国。顾南丹挡在卫国的前面，说爸爸，你不能这样。他说要做我的女婿，就必须过这一关。顾南丹急得哭了起来，她说爸爸，你能不能不这样？你能不能对他特殊一点儿？我的年纪不小了，女儿给你跪下了。

卫国听到啪嗒一声，顾南丹双膝落地，头发从头部散落垂到地板。顾大局拿枪的手微微抖动，另一只手捂着胸口，说你再不滚开，我的心脏病就发作了，我就要死去了，你难道要落一个不孝的骂名吗？卫国说他要干什么？顾南丹说他要你头上顶着碗让他射击。卫国看见门边的书桌上放着一摞瓷碗，地板上散落着几块瓷片。

他的脊背一阵凉，身上起了一层鸡皮疙瘩。卫国说为什么？为什么要这样？卫国一边说一边往后退。顾大局说站住。卫国没有站住，他跑到楼下，在客厅里站了好久才把气喘出来。

大妈说小卫，不要害怕，其实他的心眼一点儿也不坏。如果他心眼坏，我会嫁给他吗？他只是有一点儿业余爱好，像现在有的人喜欢钓鱼，有的人喜欢打太极拳，只不过各人的爱好不同罢了。我们都是南下干部，他喜欢射击，枪法没得说的。大妈拍拍胸膛，像是为卫国担保。他不会成心害你，只是想找一个他信得过的女婿，可是茫茫人海，没有一个人相信他的枪法，因此他也找不到一个让他相信的女婿。如果你相信他，就勇敢地走上去，顶着一个瓷碗站在他面前。也许只要你一顶碗，他就相信你了，他就不射击了，也许他的枪里没有子弹，或者那就是一支玩具枪。卫国说他的枪里有没有子弹你不知道吗？大妈摇摇头说不知道，那是他的老战友送给他的，从来不让我们碰它。他就像一个顽皮的孩童，没有谁管得住他。卫国说万一枪里真有子弹怎么办？大妈说不会的。大妈开始把卫国往楼上推，这个动作与顾南丹何其相似。卫国说我怕。大妈说怕什么？你难道没有听到南丹一直在上面哭吗？卫国屏住呼吸听着，顾南丹的哭声从楼上传下来。卫国说大妈，他的枪里真的没有子弹吗？大妈说没有。卫国说可是，我还是害怕，我没法完成你交给我的这个任务。说这话时，卫国仿佛看见顾大局提着枪追下楼来，他挣脱大妈，跑出顾家的大门，朝着一条小巷飞奔。很快他就到达一条陌生的大街。

9

　　顾大局说南丹，你交的朋友怎么都是胆小鬼，他们不值得你信任。顾南丹说谁不怕你的子弹打进他们的脑袋？顾大局哈哈大笑，怎么可能？枪里面根本没有子弹。顾大局把枪拆成几块，里面真的没有子弹。顾南丹说能不能叫他重来？顾大局说不，我已经不想见他了，这样的男人靠不住。顾南丹说他是知识分子，一见枪就发抖。顾大局说你最好不要跟这样的人来往。顾南丹说你是想让你的女儿嫁不出去吗？顾大局说我的女儿会嫁不出去吗？顾南丹说这已经是第五次了，你已经赶跑了我的五个男朋友。顾大局把拆散的气手枪一块一块地丢进床前的垃圾桶，说连卫国算在一起，你一共带来了五个男朋友，我原以为总会有一个不怕死的，肯为你顶碗，但是没有，没有人相信我的枪法，要找一个相信我而又让我相信的人，实在是太难了。既然找不到，我也不强求，从今天起，我再不管你的爱情。你自由了，但将来吃了男人的亏千万别跟我哭鼻子。

顾南丹来到宾馆，说卫国，我们结婚吧。卫国突然抱住顾南丹，把她摔在床上，说我们现在就结。顾南丹朝卫国的脸上狠狠地甩了一巴掌，说你把我当什么人了？哪有这样结婚的？想要结婚，就赶快回西安去把各种证明要来，包括结婚证明。我连你叫不叫卫国都还不清楚，怎么就这样跟你结婚？卫国说西安，我是不想回去了。顾南丹说那你还想不想结婚？想。想你为什么不回？

卫国在地毯上走了几圈，指着自己的眼睛问顾南丹，这是什么？顾南丹说眼睛。卫国指指自己的鼻子，这呢？顾南丹说鼻子。卫国的手在他的脸上张牙舞爪，说这对眼睛，这个鼻子，这个嘴巴，这两个耳朵都不假吧？它们组成的这一张脸就摆在你的面前，你干吗要在乎他叫不叫卫国？难道叫张三，这张脸就会改变吗？顾南丹说谁知道你是不是一个好人？犯没犯过错误？结没结过婚？卫国说如果我的皮箱不掉，就能证明我是卫国，是一个教授，那里面还有一张未婚证明。顾南丹说凭什么我会相信一只找不到的皮箱？卫国拍打胸膛，我可以发誓，如果我说半句假话就得癌症，就患心脏病，就感染艾滋病，就被车撞死。顾南丹说你发多少誓都不比你回一趟西安，况且人事局也要你回去拿证明。卫国说大不了我不做处长。顾南丹说那你来这里干什么？

卫国无法回答。顾南丹抓起床头柜上的一张报纸看了一会儿，忽地坐起来，指着报纸上的一整版人头，说你为什么怕回西安？难道你是他们那样的人吗？卫国夺过报纸，看见整版都是在逃犯的头像。他们有的杀人，有的贩毒，有的抢劫，有的强奸……顾南丹说没有长得像你的呀。卫国把五十多个在逃犯的基本情况看完后，戳了戳报纸，说我怎么比得上他们，简直是小巫见大巫。我只不过是吻了一下女学生，学校就要处分我。

原来你是一流氓，顾南丹惊叫，我怎么就瞎了眼呢？说着，她站起来朝房门走去。卫国拦住她，说你能不能听我解释？我那个吻，是被朋友灌醉以后……顾南丹没等他说完就推开他，拉门跑出去。门狠狠地摔回来。卫国想我都说了些什么？我干吗要对她说这些？其实，我完全可以把这个秘密沤烂在肚子里。

10

卫国坐在马路的对面，看着顾南丹家的楼房。房门紧闭，那个白色的门铃按钮在阳光的照射下闪闪发光。卫国估计门铃离地面大约一米五五。随着太阳西沉，光线慢慢地往上翘，它从门铃处翘到了顾家的二楼。一辆轮椅从房间里推出来，坐在上面的是顾大局，推轮椅的是顾南丹。顾南丹把轮椅从外走廊的这头推到那头，夕阳把他们照得红彤彤的。卫国招手，顾南丹没看见。卫国跑过马路，按了几下门铃。顾南丹把头伸出来，像是看到了什么不堪忍受的事物，飞快地缩回去。尽管卫国差不多把门铃按坏了，门却始终没有打开。

卫国开始拍门，他把门拍得很响。过往的行人停下来看他，看的人越多，他拍得越得意。他甚至拍出了音乐的节奏。忽然，顾南丹从门里走出来，卫国闪到一边。顾南丹往前走。卫国紧跟着。顾南丹走进停在路边的轿车。卫国也跟着钻进去。轿车在马路上飞奔。顾南丹板着脸，眼睛盯着前方。卫国伸长脖子看了一下速度，一百多码。在市区她竟然开一百多码，卫国说你疯啦？顾南丹轰了一下油门，轿车飙得更快。卫国吓得手心都出了一层细汗。

到了郊外，车子拐上一条黄泥小路，进入一处较为僻静的地方，速度明显慢了下来。这时，卫国才敢说话。他说我是真的醉了才失态的，是一时冲动，不瞒你说，我只吻了一次就摔倒了……其实，我得感谢这次失态，否则我不会南下，不会在火车上认识你。说着说着，卫国发现顾南丹的脸上出现了松动的迹象。春天来了，冰封的土地就要解冻了，也许顾南丹的话正在发芽，过不了多久，话就会冒出来了。

　　轿车停在僻静的海滩。顾南丹的衣裙滑下去，露出她穿泳装的身体。她活动了一下四肢，摔上车门走向大海。卫国看见傍晚的霞光几乎全部聚焦到她苗条的身体上，白色的皮肤像镀了一层金，通体金光闪闪。这是顾南丹第一次在卫国的面前大面积地暴露。卫国的心膨胀起来，膨胀到似乎要把胸前的衬衣纽扣撑掉。但是顾南丹没有说话，他不敢冒犯。他看着顾南丹游向大海深处。海浪摇晃着，把那颗浮在水面的人头愈摇愈远，直到彻底消失。在那颗人头与卫国的眼睛之间，仿佛有一根线牵着。人头愈远他的眼睛睁得愈大。他的目光在海面搜索，只见愈涌愈高的海浪。卫国沿着水线跑动，对着稀里哗啦的海面喊顾南丹。他喊得嗓子都哑了，也没看见他喊的人。天色加紧淡下去，紧张浮上卫国的心头。他脱下衣裳，只穿着那条松松垮垮的裤衩跑进海里。海水淹到他的脖子，对于一个只会狗刨式的人来说，再往前迈进一步都会出现危险。他让海水淹着脖子，继续对着海面喊顾南丹。他每喊一次，都有咸咸的海水冲进嘴巴。海水打在他的牙齿上，在他的口腔卷起千堆雪，然后再卷出来。他在潮涨潮落的间隙接着喊，但是他的喊声被海浪声淹没，显得十分渺小。

一颗人头从卫国的眼皮底下冒出来，带起一堆白花花的海水。这堆海水扑到卫国的身上。卫国连一声惊讶都来不及表达，顾南丹已经把他紧紧搂住。他们的嘴巴咬在一起。海浪打过他们的头顶，试图分开他们的嘴巴，但是他们岿然不动。太阳从他们的嘴巴落下去，海滩进一步昏暗。他们回到岸上，打开车灯。两根灯柱横在海面。他们坐在灯柱里的影子投入水面，被海水扭曲。顾南丹说如果你实在不愿意回西安，那你就骂她几句，这样也许我还能接受。卫国说骂谁？顾南丹说那个被你吻过的女学生。为什么要骂她？因为你骂她就说明你不爱她，我才会相信你吻她是酒醉后的一时冲动。如果我骂她，你是不是就不要我回去拿证明了？顾南丹说试试吧。卫国用沙哑的嗓音说那我骂啦。他咳了几声，想把沙哑的声音咳掉。冯尘，你这个丑、丑小鸭……骂呀，为什么停住了？我实在骂不下去，我不能昧良心，这事本来是我不对，现在怎么反过来骂她？

海面的声音消失了，卫国的出气声越来越粗重，愈来愈丑陋。他想在这样一个美好的夜晚，面对如此美丽的海滩和如此明净的天空，我的嘴里竟然喷出这么肮脏的语言，实在是一种罪过。一股汹涌澎湃的思念冲击他的胸口，他对着西北的方向思念冯尘。

心痛她了是不是？顾南丹被沉默激怒，对着卫国咆哮。卫国说我的嗓子哑了。顾南丹说你的嗓子怎么就哑了？刚才喊你喊哑的。别找借口，即使哑了你也要骂，骂她丑八怪，她是丑八怪吗？卫国想她其实一点儿也不丑，比你长得还漂亮，但在这个假话横行的时代，谁还敢说真话？卫国感到皮肤有一点儿紧，海水在身上结了一层盐，自己变成了一堆咸肉，仿佛已经失去了知觉。

顾南丹步步紧逼，她有我漂亮吗？说呀，她的脸上有没有青春痘？她家是不是农村的？难道她的身材会苗条？难道她心地善良？她是不是长得比我丑？你哑巴了吗？你不说就证明我比她漂亮，就证明你不敢面对这样的现实。你不说，就回西安去。顾南丹从沙滩上站起来，转身钻进轿车。卫国仍然坐在灯柱里。顾南丹按了一声喇叭。卫国没有动。顾丹不停地按喇叭，喇叭声在海滩上回荡。卫国仍然没动。

11

　　张唐把卫国约到海边的一只船上吃海鲜。他说离开车的时间还有四小时，你可以慢慢地从容地吃。卫国说一看见你我就想起那只亲爱的皮箱，你让我伤感不已。张唐用一种羡慕的口吻说，只要回西安把有关证明办来，你就有可能成为处级干部，成为我的表妹夫。如果你的皮箱不掉，怎么会有今天？卫国说看来我还得感谢我的皮箱。张唐说太值得感谢了，要是知道能交这么好的桃花运，多少男人都会故意丢掉皮箱，你不是故意的吧？卫国苦笑。

海面好像有意在这个中午休息，波浪不兴，出奇的平静，一位赤身裸体的男人躺在水面，摆出一副永不下沉的架势。远处过往的船只偶尔拉响汽笛，海鲜的香味扑鼻而来。只一会儿工夫，卫国的面前就堆满了螃蟹壳、虾壳，他的手上嘴上全是油。张唐笑眯眯地看着他，说一回西安你就吃不上这么好的海鲜了。卫国打了一个饱嗝，又剥了一只虾。他把剥好的虾放进嘴里嚼了一阵，怎么也咽不下去，才发现食物已经填满了他的胃，也填满了他的食道。他问张唐洗手间在什么地方？张唐朝旁边指指。卫国抱着肚皮想站起来，但是他站了几次都没能站起来。他饱得连站起来都困难了。张唐说要不要我扶你一把？卫国咬咬牙，说不用，自己的事情最好自己解决。他憋足一口气，慢慢地站起来。

从卫生间出来的卫国，已经把工作的重点从吃转移到说话上。他说现在我跟你说实话吧，反正海鲜已经吃了，不听你的意见你也不会叫我把海鲜吐出来。西安我是不能回去的，你想想，他们会给一个差一点儿就犯强奸罪的人开具什么样的证明？他们不仅不给我开什么证明，还等着处分我，我这一回去不是自投罗网吗？该交代的我已经全部交代了，可是你表妹，她非要我拿出什么证明来。我就是我，为什么非要证明？请你转告，这辈子我卫国都会记住她对我的帮助，等到我有了能力，我一定会报答她。说完，卫国起身向张唐告辞。张唐说回来。卫国没有听张唐的，他径直下船，朝滨海路走去。张唐追上卫国，一把揪住他的衣领，说想逃跑，没有那么容易。他把卫国揪上一辆的士，送他到达火车站，强迫他坐在候车室里。张唐坐在他的旁边，一直陪着他。卫国说我能不能给你表妹打个电话？张唐横眉冷对，说别想耍花招了，我表妹说如果你不把有关证明办来，她再也不见你。

进站的时间到了，张唐把卫国推到检票口，看着他检了车票，从进站口进去，才放心地回头。张唐想卫国像大便一样被这个城市排泄掉了。但他万万没有想到卫国把这张北上的卧铺票，退给了一位只买到站票的老乡。卫国怀揣六百元钱心情舒畅了许多，全身上下没有一处不自信。他昂头走出车站，仿佛旧地重游，往事历历在目。他沿着他来时的路线，走进车站派出所。

12

杜质新仍然坐在原来的位置上。卫国说有我皮箱的消息吗？杜质新好奇地看着眼前的这个人，问什么皮箱？卫国说在火车上丢掉的那只。杜质新说我这里报失的皮箱差不多有一百多只，不知道你说的是哪只。卫国说是一只欧式的，正方形的，棕色，两把密码锁，里面装有三万块钱，三套名牌时装，我的身份证，获奖证书，教授资格证，两本复习资料，五篇论文和一瓶云南白药，一张未婚证明，一本政协委员证……杜质新说是不是你父亲留苏时买的？你父亲参加过新中国的第一颗原子弹爆炸实验。卫国说是，就是那只，里面还装有当时原子弹爆炸时的一些数据和核爆炸的密码，外加一封遗书。杜质新翻开笔记本，说两天前，有一个女士来问过，这样的皮箱一般很难找回来，主要是里面的现金太多。

卫国打了一个饱嗝，满屋飘荡着虾蟹的味道。杜质新抽抽鼻子，说你的生活过得不错嘛。卫国说马马虎虎，你能不能再想想办法？如果能够把它找回来，我愿意把三分之一的现金分给你，或者现在我就先请你吃一顿。杜质新吞了几下口水，喉结滑动。卫国从口袋里掏出一百元钱递给杜质新，说你拿去买一条烟抽。杜质新说我还是没有把握。卫国又掏出一百元叠在原先的一百元上，说我再加一百，你务必帮我找到皮箱。杜质新把卫国伸过来的手推回去，嘴里发出一声冷笑，说怎么可能呢？你可以进来看一看。

杜质新带着卫国来到派出所的里间，屋角摆着一大摞沾满灰尘的皮箱，有几只皮箱的锁头已经撬烂。杜质新指着那堆皮箱，说这都是我们找回来的，可惜没有你那只，但是找回来又有什么用？它们只是一个空箱子，里面的东西全没了。有的乘客听说是一个空箱子，连领都不来领。他们来领皮箱的路费可以买到好几只新皮箱，干吗要来领呢？卫国的脸刷地白了，他的目光在皮箱上匆忙地扫了一遍，身体像被谁抽去了骨头，突然一软，坐在旁边的条凳上。他说杜警察，千万别让小偷把我的皮箱给撬了，拜托拜托。

在派出所坐了一会儿，卫国回到宾馆。他拨通顾南丹的手机。一股愤怒从话筒里隐隐传来。顾南丹说你怎么还没走？你不走就不要再来烦我。手机挂断了。卫国再拨，顾南丹已经关掉了手机。卫国接着拨顾南丹家里的电话。接电话的是大妈。大妈说你找谁？卫国说找南丹。大妈说你是谁？卫国说卫国。话筒里传来大妈对南丹的呼唤。大妈一共呼唤了三声，然后对着话筒说南丹说了，你不回去就再不见你，我们全家都不欢迎你。卫国放下电话，打算离开他住了一个多月的房间。这个房间有顾南丹的声音和气味，现在它们还在墙壁上飘来飘去。

13

卫国在市郊找到一间地下室，住宿费每天十元。由于没有任何证明，房东要他一次性交完一个月的房钱。现在他身上还剩下三百元钱。他计划每天吃两份盒饭，每份盒饭五元，如果计划不被打乱，他在这个陌生的城市里至少还可以待上三十天。也就是说在这三十天内，卫国必须找到一份工作，否则他将被饿死。

他是从北部湾大道东路开始寻找工作的，准备一家一家地找下去，就像摸奖一样摸到哪家算哪家。第一家是紫罗兰书店。在走进书店之前他做了一次深呼吸，算是自己给自己打气。书店里只有几个顾客，卫国一走进去就有两位小姐抱着一大堆书向他推销。他说我不买书，我找你们经理。一位站在柜台后面的中年男人说我就是经理。卫国走到经理面前，问他还要不要人？经理摇摇头，说不要。卫国发现书店里的所有人都在看他，他的脊梁骨一阵麻。他回头看看身后，装模作样地翻了几本书，最后买了一本《怎样培养你的口才》。

挟着《怎样培养你的口才》跑出书店，卫国紧接着走进旁边的宏源房地产公司。公司销售部主任跷着二郎腿坐在一张软椅上，嘴里叼着一支香烟。他喷一口烟雾说一句话，就像吃一口菜又吃一口饭。卫国想如果没有香烟，他是说不出话的，就像没有菜吃不下饭。他说人吗？我们是要的，但是我们没有工资，你每卖出一平方米土地，我们就给你二十元工资，如果你一天能卖出一亩，那么很快就会成为富翁。卫国说这个我可以试一试。主任说那你就到汪小姐那里办个手续。

主任回头叫小汪。坐在主任身后第四个格子里的小姐哎了一声，并抬头朝卫国招手。卫国想在这个城市里，找一份工作其实没有想象的那么难。他开始有一点儿兴奋了。他快步走到汪小姐的格子里，一股浓烈的香味围绕着汪小姐。汪小姐拿出公司的有关资料递给卫国，她每动一下，就扇起一股香气。卫国在浓烈的香气中忘乎所以。他张开河马似的大嘴，好久才憋出一句话来，我什么时候可以工作？汪小姐说你得先交两张照片和三千元押金，我们给你办好证件后就可以开展工作。香气突然没有了，卫国抽抽鼻子，闻到的全是主任那边飘过来的烟味。卫国说一定要交押金吗？汪小姐说一定要交。卫国说我没有三千元，交两百元行不行？汪小姐摇摇头，鄙视地看着他。卫国说干吗要交押金？我又不会逃跑。汪小姐说没有押金，我们就不能给你工作。

三千元押金就像一记闷棍，打得卫国晕头转向。他低头往前走，民航售票处、温馨照相馆、公厕、市府招待所依依不舍地从他眼角的余光中晃过。他边走边后悔，想也许这几家正需要我。他回头看着市政府招待所的大门，一张熟悉的面孔撞了上来。这是他在人事局门口碰上的，先称来自西安后称来自宁夏的那位老乡。卫国用西安话叫老乡。老乡偏头看着卫国，用西安话说要不要买一份保险？卫国说你在干保险？老乡说瞎混。卫国说这个工作要不要交押金？老乡说要交，交一千五百元。你买一份保险吧。卫国说不买。卫国朝前面走，老乡在后面追。他追上卫国，说出门在外，买一份保险安全，说不定哪天就会出车祸，或者楼上掉下一块砖头，正好砸在自己的头上，买一份吧。卫国说你才出车祸。

毫耋图长卷（局部） / 2016年 / 35cm×50cm

国色天香 / 2016年 / 40cm×50cm

老乡对着卫国的背影骂了一句"狗日的"。

一路上卫国再也没有问工作，他从北部湾东路走到北部湾西路，汗水浸湿的衬衣正在慢慢地风干，双腿变得有点儿沉重。他想也许我该买一包香烟，但是一包好香烟将花费我一天半的伙食，这未免太奢侈了。不过没有香烟很难跟人接近，能不能把这包香烟算作找工作的投资？只要找到工作，还在乎一包香烟吗？卫国在烟摊买了一包，他用鼻子嗅了嗅，舍不得抽。他想能不能找到工作，就看这包香烟了。他嗅着香烟往前走，一阵音乐灌入他的耳朵。抬头一看，他已经来到了师范学校的围墙边。他想也许我该到这里面去碰碰运气。

师范学校教务处办公室里坐着三个人。卫国想那个老的肯定是教务处主任。卫国给他们每人发了一支烟，自己也叼了一支，屋子立刻被烟雾笼罩。那个老的说你是不是来找工作的？卫国点点头。那个老的说我们这里已经来了几百个找工作的。卫国说我叫卫国，男，现年二十八岁，西北工业学院物理系副教授。那个老的说这么好的条件我们不敢要。卫国说我主要是喜欢这个城市，干什么都可以，职称也可以不算数，你们爱发多少工资就发多少工资，本人毫无怨言。那个老的说，如果你愿意这样，下个星期五早上九点到这里来找我，我安排你试讲。

卫国向那个老的要了一张名片，名片上写着"北海师范学校教务处主任潘相"。卫国想他果然就是主任。卫国把那包香烟丢到潘相的桌上，说星期五我再来找你。潘相说请把你的香烟拿走，我们这里不受贿。卫国尴尬地笑着，说在北海，难道一包香烟也算是受贿吗？潘相说一包香烟会变成十包香烟，十包香烟会变成一百包香烟。卫国说我可没那么多香烟。

14

同学们，在真空里，我们把一根鸡毛和一个铁球，从北海师范学校的教学大楼楼顶同时往下放，你们说哪一个先到达地面？卫国对着潮湿的地下室和那台呱嗒呱嗒转着的台扇练习讲课。地下室的墙壁上有一面镜子，它的一半边已经掉落。卫国在练习讲课的时候，常常被那半边还存在着的镜子分散注意力。卫国偏偏头，干脆把自己那张疲惫不堪的脸全部放到那半边镜子里，自己对着自己讲起来。讲着讲着，卫国发现自己的头发长了，胡须也拉楂了，衣服和裤子冒出一阵阵恶臭。卫国想我这副尊容，哪会有学生听课。我得修剪修剪。卫国还没把课讲完，就跑出旅馆到理发店去理头发。连剪带吹，卫国花掉二十元人民币。剪一个头就花掉二十元，这像从他的心头剜了一块肉。但是他心疼一阵后，马上安慰自己，好在我就要找到工作了，否则打死我也不会这样花钱。

回到旅馆的地下室，卫国想洗洗身上的衣裳。没有洗衣粉，衬衣领子上的污渍比卫国的搓洗还顽强。他穿着一条裤衩从地下室走出来，看见洗漱间的窗台上结着一块小小的肥皂。卫国用手指把它抠下来，衬衣因为有了它而洁白。卫国把洁白的衬衣晾在椅子上。为了加快干的步伐，他动用了那台电风扇。衬衣鼓胀了，两个衣袖张开手臂。卫国光着身子在屋子里走来走去，对着镜子照了照身体的各个部位。当镜子照到下身的时候，卫国直了。他端详着直的地方，用手掌轻轻地搓，就像搓衣裳那样搓。一股浓浓的白色汁液流出他的身体。

他在愉悦中睡去，醒来时却痛苦不堪。不知道睡了多久，他感到身子无比沉重，每个细胞都绑着一根绳子。卫国想我是不是感冒了？他想翻身从床上爬起来，但是他连动一动都很困难，就连转动一下眼珠眨一下眼皮也变得遥不可及。电风扇还在呱嗒呱嗒地转，衬衣被它吹到地上。卫国轻轻地说水，我要喝水。只有自己听到自己的声音。他说妈呀，我要喝水……

迷迷糊糊中，卫国再次睡去。等他再次醒来，身体轻了一些。他慢慢地滑下床，觉得整个身体已经没有重量，自己比鸿毛还轻。他扶着墙壁一步一步地爬出地下室，屋外的阳光刺激他的眼睛，站了好久才看清眼前的景物。他拍拍房东的门板。房东没有开门，隔着窗户问卫国有什么事？卫国说今天星期几？房东说星期三。卫国想我已经睡了两天。

卫国来到马路上，找了一家比快餐店档次稍高一点儿的酒家，对着服务员喊要一碗鸡汤。喝完鸡汤，卫国感到身上还是不太舒服。他想后天就要试讲了，这样的身体肯定走不上讲台。他伸头往远处看了看，远处有一家诊所。他摇摇晃晃地朝诊所走去。

医生在量过他体温看过他舌头之后，说吊几天针吧。卫国说多少钱？医生说两百来块。卫国说我没有那么多钱，你能不能少一点儿？医生说没那么多钱就少吊两天。卫国说吊两天多少钱？医生用笔算了一下，说百来块。卫国说请你务必不要超过一百元，我实在是没钱了。医生点点头。卫国躺到病床上，看见一根比织毛线的针还要长的针头扎进了血管。针头刚一扎进去，他就感到病已经好了许多。

躺在病床上，他才明白身体是革命的本钱，节约是没有意义的，假如身体垮了，有钱又有什么用？他以这样的消费原则，过上了两天幸福生活，力气慢慢地回到他身上，心情也好了许多。到了星期五早晨，天迟迟不亮。卫国早早地从床上爬起来，把试讲的内容想了一遍。想完之后，天还是没有亮。他坐在床上胡思乱想。他想如果我试讲成功，学校还要不要我出示有关证明？还要不要原单位的鉴定？卫国一直没有想过这个问题，现在突然想到这个问题，身上冒出了许多冷汗。

他掏出潘相的名片，想是不是打个电话问一问他？

但是打电话要花五毛钱，而且还会打搅他睡觉。卫国走出旅馆，沿着那条路灯照耀的马路往师范学校赶。他恨不得马上见到潘相，步子于是愈迈愈大，身上热得不可开交。赶到学校门口，铁门刚刚打开，好像是专门为他而开。他朝教务处走去，沿途看见许多跑步的人。黑夜慢慢地渗进白天，路灯依然照着。卫国想等我走到前面的那根电线杆边如果路灯还没有熄灭，那就说明学校不需要鉴定。他快步朝前面的电线杆跑去。像是成心跟他作对，他只跑到一半，路灯就全部熄灭了。路灯熄灭的一刹那，卫国的腿突然迈不动了，他甚至想站在这个地方永远也别往前走。我怎么这么倒霉？这时，他看见一个小伙子推开教务处的门，这是卫国星期一见到的两个小伙子中的一个。卫国拖着沉重的双腿，来到教务处门口。小伙子说不是说九点钟试讲吗？你怎么来这么早？卫国说我想问一问你，如果试讲成功，你们要不要原单位出具证明？要不要调档案？小伙子说要，怎么不要？

　　小伙子忙着烧开水，拖地板，没有工夫跟卫国说话。卫国站在教务处的门口，想我还是问一问潘相，也许潘相能够通融通融。卫国等了一会儿，看见另一个小伙子也走进办公室。卫国问你们的潘主任呢？小伙子说等一会儿他就来。卫国说如果试讲成功，你们要不要原单位出具证明？小伙子说要。卫国说能不能不要？小伙子说我们只录用手续齐全的人。卫国站在门口，拼命地伸长脖子，盼望尽快看到潘相的身影。卫国看到腿开始发麻了，才看见潘相朝教务处走来。潘主任说来啦。卫国说来啦。

　　卫国把潘主任拉到楼角，说如果我试讲成功，你们还要不要原单位出具证明？潘主任说不仅要，我们还要到你的原单位去考核。卫国说能不考核吗？潘相说不能。卫国说如果我用实际行动证明我能胜任这份工作，你们还去考核吗？潘相说去。卫国说你看我有不对劲儿的地方吗？潘相说没有。卫国说我像坏人吗？潘相不像。卫国说那你们为什么还要去考核？潘相说这是两码事。卫国跺跺发麻的双脚，从门口回望一眼教务处办公室，说既然你们不相信，那我不试讲了。潘相说怎么不试讲了？我都给你安排好了。卫国没有回答，拖着发麻的双腿朝校门走。潘相看见他走路的姿势有点怪，一摇一晃的像个瘸子。潘相对着他的背影骂神经病，骗子，言而无信……卫国听到潘相在身后骂他，但是他没有回头。他觉得潘相的骂声是那么贴切，那么解恨，那么亲切。我是骗子吗？我是神经病吗？我是卫国吗？天底下还有没有不要证明，不要考核的地方？卫国对着空荡荡的前方喊：我叫卫国，男，现年二十八岁，未婚，副教授……卫国反复地背诵，不断地提醒，可别把自己给忘记了。

15

卫国斜躺在床上翻看《怎样培养你的口才》，突然听到楼上发出一阵响声。响声由小到大，由慢到快，像是床头撞击墙壁的声音，富于节奏很有规律。卫国用晾衣竿敲打天花板，上面的声音立即中断，但是它只中断了一会儿，又更猛烈地响起来。它的声音是这样响的：嗒……嗒……嗒嗒……嗒嗒嗒嗒嗒嗒嗒嗒……嗒。

第二天晚上，这种有规律的声音继续响起来，并伴随女人的轻声叫唤。卫国用晾衣竿狠狠地戳了几下天花板，声音不但不停止，反而响得更嚣张，好在这种声音极其短暂，卫国也就不再计较。到了第三天晚上，声音该响的时候没有响起来，卫国感到有点失落，他用晾衣竿戳了一下天花板，楼板颤了一下，上面传来一阵跺脚声。卫国戳一下天花板，楼上就跺一次脚。卫国爬下床沿着木板楼梯爬上二楼，敲了敲那扇紧闭的房门。门板吱的一声拉开，灯光全部落在卫国的身上。

　　一位穿着紧身衣的小姐做了一个请的手势。卫国走进房间，揉揉眼睛，小姐清晰而又真实地呈现在他眼前。她的身材高挑，两条腿直得可以用于建筑，乳房像是某个夸张的画家画上去的，牙齿和脸蛋都很白，部分头发染黄。卫国说刚才跺脚的是你？小姐说是。卫国说你的床是不是有点儿不牢实？小姐的脸顿时红了。卫国想她的脸竟然还会红。卫国走到床边，摇摇床铺说我帮你看看。说着，他低下头检查床铺的接口，发现有一颗螺帽松了。卫国说有没有扳手？小姐忽然仰躺到床上，故意摇晃着床铺，说你不觉得有点儿响声更刺激吗？卫国扑到小姐身上，说我想跟你睡觉。小姐嗯了一声，要钱的。卫国说多少钱？小姐说五百。卫国说能不能少一点儿？小姐说如果你不长得这么帅这么年轻，五百我都不会干，这已经是打八折了。卫国说我听说别人只要三百。小姐说你看是什么人，你看看她是什么档次，然后你再看看我。卫国说不就五百吗？说好了五百。

小姐开始脱衣服，卫国摸摸口袋，口袋里还剩下三十元钱。但是卫国的心思已像脱缰的野马离弦的箭，一股强大的力量窜遍他的全身。脱光的小姐就像白雪覆盖的山脉，或者白象似的群山。卫国站在床边，还不太敢相信眼前的事实。小姐说你能不能快一点儿？卫国被这句话燃烧了。他朝小姐刺去，一声尖利的叫唤从小姐的嘴里飞出。卫国听到了他在楼下听到的有节奏的嗒嗒声，只是他制造的声音更持久更嘹亮。小姐的身体一直很平静，一动不动，眼睛望着天花板，脑子像在想别的事情。嗒嗒声愈来愈猛烈愈来愈紧密，小姐嗯了一声。嗯一声，像一个气泡。嗯两声，两个气泡。平静的湖面冒出无数个气泡，气泡愈来愈大，小姐再也控制不住，她的身体开始扭动。卫国看见群山倒塌，白雪消融。

完事后，卫国把衬衣口袋和裤子口袋都翻出来，说我就这三十元钱，骗你是狗娘养的。小姐说你怎么能够这样？你为什么要这样？卫国低头不语。小姐拍了一掌卫国的膀子，说不可能，绝对不可能，你不可能才有三十块钱。卫国说怎么不可能？如果我的皮箱不掉，我会有三万多元，等找到皮箱，连本带息一起还你。小姐在卫国的口袋里掏了一阵，只掏出一张潘相的名片。小姐说你把钱留在房间里了。卫国说如果我有钱我会住地下室吗？不信你可以跟我到下面去。小姐夺过卫国手上的三十元钱。卫国想现在我是真正的身无分文了，从明天开始我就没有饭吃了。

　　小姐跟着卫国走出房间，说有那么严重吗？卫国推开地下室的门，一股霉味扑面而来，小姐用手掌扇扇鼻尖，但是那是一股固执的气味，怎么扇也扇不掉。卫国说连一个坐的地方都没有，你就坐床吧。小姐坐到床上，眼睛在房间里扫荡。她翻开卫国的枕头和席子，掏了卫国另外一件衬衣口袋，没有找到任何东西。她说你是干什么的？卫国说了一遍自己的遭遇。小姐把手里的三十元钱还给卫国，说你拿着吧。卫国接过三十元钱，说这怎么行呢？你已经劳动了。小姐说就算是借给你的吧，什么时候有钱了再还我。记住，你还欠五百元。卫国说我一定还你，明天我就去找一份工作，把钱还给你。小姐走出地下室，回头问你叫什么名字？卫国。你呢？刘秧。

<h1 style="text-align:center">16</h1>

　　第二天早晨，卫国拉开地下室的门，发现门拉手上挂着一个塑料袋，塑料袋里装着三个大馒头。卫国把脸伸到袋子里嗅了嗅，嗅到一股美好的气味。他用晾衣竿戳戳天花板，楼上发出跺脚声。卫国提着塑料袋冲上二楼，把塑料袋举过头顶，说这是我来到北海后第一次拥有早餐。你吃一个？刘秧说我已经吃过了。卫国说吃了也要再吃一个，你不吃一个我会吃不下去的。卫国拿着

一个大馒头往刘秧的嘴里塞。刘秧狠狠地咬了一口，馒头变得犬牙交错，卫国在犬牙交错的地方再犬牙交错了一下，又把馒头递给刘秧。刘秧又啃了一口。他们一人一口，把那个大大的馒头啃完。

啃完馒头，卫国看见一个男人站在门口。他的头上打过摩丝，皮鞋擦得锃亮，胳膊下还夹着一个小包。刘秧说卫国，我们有事要谈，你先下去吧。卫国走出刘秧的房间。他刚走出房间，门就被那个男的碰上了。

楼上很快就传来了那种熟悉的有节奏的嗒嗒声。卫国被这种声音搞得烦躁不安。他走过来走过去，在狭窄的地下室里到处碰头。他想这种声音很快就会过去，一定会过去。但是这种声音出人意料地持久响亮，卫国用晾衣竿不停地戳天花板，上面没有停止。卫国提着晾衣竿冲上二楼，站在门口叫刘秧，你是不是没有钱？如果没有我这里还有三十元。这难道是你挣钱的唯一方式吗？这种方式容易染上艾滋病，会使爱你的人伤心。你的相貌不差，聪明伶俐有理想有前途，有父母有兄妹，有老师有同学，干吗非得干这个？

门被卫国说开了，那个油头粉面的家伙从里面跌出来，差一点就跌了一个狗吃屎。刘秧双手叉腰，站在门框下一跺脚，楼板晃了几晃。刘秧说滚。那个男人捡起掉在地上的皮包，拍打着衣服，说你怎么能够这样？刘秧说我为什么不能这样？我爱怎么样就怎么样？刘秧从耳朵上解下耳环，从脖子上解下项链，从床头抓起呼机，朝那个男人砸过去。一只耳环沿着楼梯往下滚，那个家伙跟着耳环跑了几步，才把耳环捉住。他吹了吹耳环上的尘土，回头看了一眼刘秧，弯腰跑出旅馆。掉在地上的呼机这一刻狂声大作。没有谁理睬呼机的狂叫，它的声音在这个特殊的时刻显得孤独。

另一个声音响起来，那是卫国鼓掌的声音。刘秧转身回到房间，坐到沙发上。现在她的脸是黑的，气是粗的，心情是恶劣的。卫国靠在门框上看着刘秧说嫁给我吧，刘秧，如果我们结婚，也许会幸福，也许会长寿，也许会儿孙满堂，也许会找到皮箱，如果皮箱能够找到，我会把里面的三万元现金送给你，不让你再干这活，我会把里面的两套名牌女装、金项链、耳环、化妆盒、游戏机、真皮靴子、手机、法国香水、手提电脑、美白溶液、健美操影碟、随身听、墨镜、戒指、茅台酒、轿车、别墅统统送给你，让你把刚才的损失补回来……刘秧长长地叹了一声，说你的皮箱早就撑破了。卫国说干脆，我连皮箱都送给你。

17

这个夜晚，屋外刮起了大风，许多树叶被风吹落，未关的窗户发出声声惨叫，玻璃破碎了，树枝折断了。卫国想这不是一般的大风，是台风。他起身关窗户，忽然听到一阵敲门。不会是查户口的吧？他打开门，看见刘秧缩着脖子站在门外。刘秧说我怕。卫国说进来吧。刘秧坐到卫国的床上，卫国挨着她坐下。刘秧说想跟你聊一聊。卫国说聊什么呢？刘秧说我也不知道。两人沉默。刘秧举起五根手指。卫国说什么意思？刘秧说你还欠我五百元。卫国说我能不能再欠你五百？刘秧说不能，除非你先还我五百元。卫国受到了刺激，脸红了，说不就五百吗？明天，我就找一份工作，挣五百元还你。刘秧在卫国的鼻子上刮了一下，说吹牛。

第二天早上，卫国拍拍刘秧的肩膀，说起床了。刘秧说起那么早干吗？卫国说找工作去。刘秧说找什么工作？卫国说不知道，反正得找一份工作，挣五百元钱还你。

马路上铺满昨夜吹落的残叶，一棵大树横躺在路上。卫国和刘秧手拉手跨过那棵躺倒的大树。刘秧说到哪里去找工作？卫国说往前走，一直走下去。刘秧跟着卫国。他们看见快餐店，看见给卫国吊针的那个诊所，看见房地产公司。单位从他们的眼睛晃过，街道上流动着人群。太阳出来了，到处都像着了火，到处都是鲜红的颜色。他们拉着的手心里冒出了热汗，舌头像干裂的土地。卫国说你能不能请我喝一瓶矿泉水？刘秧给卫国买了一瓶矿泉水，给自己买了一个冰激凌。他们站在马路边把水喝完，把冰激凌吃完，接着往前走。

刘秧说我不能再走了，我的脚起泡了。卫国说那你就在这里等着，我自己去找。刘秧坐在马路边的一张凳子上。卫国继续往前走。他往东边走了一阵，回到刘秧的身边。刘秧说找到了吗？卫国摇摇头，又往南边走。往南走了一公里，卫国又回头看刘秧是不是还坐在那里等他。刘秧说哪有这样能找到工作的，我们还是回去吧。卫国摸摸肚子，说饿坏了，你能不能请我吃一个快餐？刘秧伸手让卫国拉她。卫国把她从凳子上拉起来。他们手拉手朝西边走。走了十几米，就看见一家快餐店。他们走进快餐店吃午饭。刘秧说现在，你除了欠我五百元，还欠我一瓶矿泉水和一顿快餐。卫国说我吃完饭继续找工作，挣钱还你。刘秧说你还是死了这条心吧，这样没头没脑地走下去，恐怕十天半月也不会找到工作，恐怕把钱花光了也不会找到工作。卫国说为什么他们都不相信我？刘秧说还是回去吧，我实在是走不动了。

从快餐店出来，卫国往对面的马路看了一眼。他看见一家江南康乐公司。卫国被康乐公司门口的一块招牌深深地吸引。招牌上画着三个大大的酒坛，酒坛上写着：能喝者请来面谈，江南康乐公司诚招酒保。

看到这块招牌，卫国的鼻尖前飘过一阵酒气。他回头叫了一声刘秧，说我找到工作了。刘秧说工作在哪里？卫国指着马路那边。刘秧看看那块招牌，看了一会儿，说你能喝吗？卫国说能。刘秧笑了起来，还拍拍手掌在地上跳了几下，找了半天，原来工作在这里。她拉着卫国的手，一起走过马路。卫国吻了一下刘秧，说我说过，我能够找到工作。刘秧用手指刮了一下卫国的鼻子，说今天不是愚人节吧？

18

他们走进公司的人事部。人事部里的一男两女扭头看着他们。卫国说我是来喝的。那位男的站起来跟卫国握手，说我是人事部长，姓王，请问你能喝多少斤五十度的白酒？卫国说不知道。不知道是不是说你从来没有醉过，或者说能喝多少连你自己也不清楚？大概就这个意思。姓王的递了一张合同给卫国，你好好看看吧。卫国接过合同看了一会儿，说现在就喝吗？姓王的说我们已经招聘了一个能喝的，如果你把他喝败我们才能录用你。卫国说如果把他喝败，你们能不能先预支我五百元工资？姓王的说只要你把他喝败什么都好说。卫国挽起衣袖，说那就开始吧。刘秧拉了一下卫国的衣袖。卫国说不用怕，我正馋着呢。

卫国被带到一个小会议室，中间摆着一张橡木茶几，茶几的两边摆着两张棕色的真皮沙发。卫国坐到一张沙发上。两位小姐托着盘子走到茶几前，她们把盘子里的酒分别放在茶几的两边。现在茶几上一边摆着五瓶五十度的白酒。周围站满了公司的职员，摄像机架在离沙发三米远的地方。但那个卫国想喝败的人迟迟未见出场，他等得有点儿不耐烦了，于是拧开了一个酒瓶的瓶盖。

小姐把拧开瓶盖的酒端走，重新又上了一瓶。小姐说请你不要提前打开瓶盖。卫国哼了一声，人群出现骚动，所有人的脖子都扭向门口。卫国看见一位理着小平头，戴着墨镜，身高一米七五，脸色微黑的小伙子走进来。他坐在卫国的对面，朝卫国点点头，还向人群挥挥手。做完这一系列动作后，他把自己面前的三瓶酒推到卫国面前，又把卫国面前的三瓶酒拉了过去。姓王的宣布比赛开始。他们各自打开瓶盖，酒香溢满客厅。卫国举起酒瓶向刘秧示意。刘秧觉得这件事很好笑，就对着卫国笑了一下。卫国把酒瓶送到嘴边，一股浓烈的酒气熏得他眼眶里泪光闪闪，鼻孔里打出一长串喷嚏。

就在卫国狼狈不堪的时候，对方一仰脖子一抬手一瓶酒不见了，它们全都灌进了他的嘴巴。围观者发出惊叹，零星的巴掌声响起。卫国勇敢地举起酒瓶，学着对方的样子，把一瓶酒灌进嘴里。这是卫国平生第一次喝这么多酒，它们以迅雷不及掩耳之势流经他的喉咙，进入他的食道。也许是速度过快的原因，卫国对这瓶酒基本没有什么感觉。但是当局者迷，旁观者清。刘秧看见卫国的脸像被大火烧了一把，顿时红了起来。星星之火可以燎原，卫国不仅脸红了，连脖子也红了。

对方一仰脖子又喝了一瓶。他脱下墨镜，看着卫国，说我叫胡作非。卫国一听就知道这是北方口音。卫国说我是西安的，叫卫国。胡作非说你就把它想象成水，一咬牙就喝下去了。卫国真的把它想象成水，一咬牙喝下去。在喝掉这瓶酒后，卫国的脸突然变成了青色，但眼眶里应该白的地方，现在全变成了红色。卫国的脑袋晃了几下，靠在沙发扶手上。刘秧叫卫国。卫国扭头看着刘秧，就像一只垂死的狗看着刘秧。刘秧说别喝了。她冲到卫国坐着的沙发旁，想把卫国歪斜的身子扶正。她每扶一下，卫国的身子就滑一下。卫国快要滑到地板了。

突然，卫国雄赳赳地站起来，说别拉了，我没事。刘秧说这样喝下去你会没命的。卫国说五百元你不要了？刘秧说不要了。卫国说我从来不欠别人的钱，你不要，我也要还你。刘秧说你再喝我可不管了。卫国说你走吧。刘秧挤出人群，朝门口走去，她笔直的大腿苗条的身材在门口一闪就不见了。卫国想她终于走啦，在这个大厅里现在没一个认识我的。他们都不知道我是谁。

卫国收回目光，端起酒瓶，他的手和酒瓶晃动着，几滴酒洒落到茶几上。在胡作非眼里，这是多么珍贵的几滴。他说你的酒泼出来了。卫国把酒瓶放下，说我另喝一瓶。卫国拿起另一瓶，灌得嘴里发出咕咚咕咚的声音，就像一曲音乐。现场忽然安静，他们被这种美妙的声音打动。酒瓶搁回茶几，围观者这时才记住喘气。他们的喘气声此起彼伏。胡作非做了一个深呼吸，又拿起一瓶酒。他喝酒没有一点声音，人们只看到瓶子里的酒无声无息地减少。当他瓶子里的酒减到只剩下半瓶的时候，突然又回升了。胡作非把喝到嘴里的酒部分地吐回酒瓶，用手帕捂着嘴巴离开现场。

　　需要很大的力气，卫国才能睁开眼睛。他目送着被他打败的人消失在卫生间的门口。胡作非的身影刚一消失，卫国就瘫倒在地板上。他听到刘秧叫卫国，我们胜利了。卫国想原来她没有真正离开，她只是骗骗我，原来她没有离开。卫国轻轻地说皮……皮箱，快把那只该死的皮、皮箱拿来，里面有一瓶解酒药。刘秧说你说什

么？我听不清楚，你能不能大声一点儿？卫国说皮、皮

箱……刘秧摇晃他的肩膀，说卫国卫国，你别睡觉，我

们胜利了。这是卫国听到的最后一句话。他感到很温

暖，因为他听到了"我们"，还听到了"胜利"。

警察赶到现场，他们搜了一遍卫国的口袋，没有搜

出任何东西，只搜出一把缠满头发丝的牙刷。一位警察

举着牙刷问刘秧，这是你的牙刷吗？刘秧接过牙刷，拉

开缠在牙刷把上长长的发丝，突然哭了。她举着那把牙

刷说卫国，你这个流氓，你这个骗子，你竟然跟过其他

女人，你为什么要骗我？骗我的感情。告诉我，这是谁

的头发？你告诉我这是谁的头发？你跟她睡过吗？睡过

多少次？你爱她吗？她有我可爱吗？她有我漂亮吗？她

比我善良吗？她是不是一个麻子？是不是一个瘸子？是

不是一个骗子？你怎么会跟这样的女人？她哪里有我

好。说呀，她有我善良吗？卫国……刘秧拍了一下卫国

的脸。卫国的脸部已经完全僵硬，刘秧再也摇不动他的

膀子了。她把卫国僵硬的头枕到自己的腿上，继续哭。呜呜呜呜……卫国呀卫国……

哭着哭着，她忽然抬起头，说警察叔叔，他真的叫卫国吗？

19

十四岁的时候，卫国就开始想女人了。他记得那是一个夏天，有许多美好的事情跌跌撞撞地到来，空气里都是馒头的味道。河水光滑，天空干净，老师讲课的声音比鸟叫还好听。每当邻居的女孩从他家窗前走过，他的胸口就像填满炸药，爆炸一触即发。但迫于父亲的压力，他把导火线延长了再延长，发誓至少在成为教授以后才谈恋爱。由于这个誓言，他把二十八岁以前的所有精力都献给了力学。

这年夏天，年仅二十八岁的他被破格评为物理系副教授，于是他又闻到了十四年前馒头的味道。这种味道铺天盖地，像一张硕大的嘴把他一口含住。卫国被这张气味的大嘴咬得遍体鳞伤，细胞们都发出了呻吟。卫国想这不就是爱情的叫声吗？河水光滑天空干净，我讲课的声音比我的老师还动听。许多和卫国年龄差不多，或稍大一点儿又没评上副教授的同事都叫卫国请客。他们碰上一次卫国，就说一次请客，说得嘴角都起了泡沫，以至于这种评上副教授与吃饭的偶然联系，在他们的反复强调中快要变成了一种必然。但是卫国嘴里虽然哼哼地答应，却没有实际行动。他想时间迟早会败坏他们的胃口。

　　到了周末的中午，李晓东从食堂打了一个盒饭，一边吃一边往卫国的单身宿舍走。他每走一步就往嘴里喂一口饭菜，等他走到卫国的门前，正好把盒里的饭吃完，就像是掐着秒表吃的，就像是拉着皮尺量着距离吃的。他抹了一把嘴巴，用沾满猪油的手拍打卫国的房门。那扇油漆剥落的门板，因此而留下了他的掌印。掌印好像是拍到了主人的脸上，屋内立即传来一声懒洋洋的声音：谁呀？一听这声音，李晓东就知道卫国正在睡午觉。李晓东说是我。

房门裂开一条缝，缝里刮起一阵风。李晓东看见卫国穿着一条蓝色的三角裤和一件布满破洞的汗衫站在门缝里，说你有什么事？李晓东说没什么事，就是想找你聊一聊或者是下一盘象棋。卫国合上门，说我要睡午觉。李晓东把门挡住，说今天是周末，干吗要睡？卫国说你不是不知道，我有睡午觉的习惯。李晓东说核能专家卫思齐睡过午觉吗？卫国说他是他，我是我。他留过学，喜欢奶酪和生吃蔬菜，工作和生活习惯全盘西化，我又没留过学。

提到父亲卫思齐，卫国的睡意就去了一大半。他开始往身上穿一条松散的中裤。李晓东说如果你实在想睡午觉，我们只下一盘，半盘也行，我的手痒得快要犯错误了，就想摸一摸那些马那些炮。

平时，李晓东不是卫国的对手，卫国三下两下就可以把李晓东的老帅吃掉。但是今天的李晓东下得特别慢，他每走一步棋都要思考半天，甚至还频频上厕所。卫国说晓东，你的膀胱破了吗？李晓东像伟人那样用双手撑住下巴，两道眉毛锁在额头上，眼睛仿佛已经洞穿了棋盘落到了地板上，也许连地板也盯烂了。看着李晓东，卫国突然笑了一下，想得眉头都打结了，却一步棋也走不动，难怪评不上副高，脑子肯定是注水了。卫国捡起床头的一张报纸漫不经心地看着，等待李晓东往下走。他把报纸从头到脚看了一遍，李晓东还一动不动。卫国想这哪里是下棋，分明是在谋财害命。他用报纸盖住棋盘，说不下了，不下了，还是睡午觉吧。

李晓东推开报纸，点燃一支烟狠狠地吸，一棵由烟雾组成的树立即从他的头上长起来。卫国又把报纸盖到棋盘上，用手指了指墙壁。李晓东顺着卫国的手指看过去，墙壁上写着"不准吸烟"。李晓东说今天可不可以例外？你都已经评上副高了，怎么还不让吸烟？卫国端起棋盘上的茶杯，举到李晓东叼着的香烟嘴上，香烟滋的一声灭了。一股风正好从窗口吹进来，把棋盘上的报纸吹到了一边。李晓东用讨好的口气说让我再看看。他知道这盘棋几乎走到了尽头，最多还有三步可走。但是西出阳他们为什么还没有来？他们不来，我就不能走这三步，不能把棋这么快输掉。卫国打了一声长长的哈欠，把刚才穿上去的中裤脱了下来，重新露出那条蓝色的三角内裤，说你这棋没法走了，还是睡午觉吧，别影响我睡午觉了。

卫国刚想躺到床上，就看见戴着高度近视眼镜的西出阳出现在门口。西出阳说你们还在下？我还以为你们不等我了。卫国说等你干什么？西出阳说不是说你今天请客吗？卫国跳下床，说谁说我请客了？谁说的？我有什么理由请客？西出阳说有人打电话给我，叫我到你这里来喝酒。卫国重新躺到床上，说真是抬举我了。这时一阵乱哄哄的声音从门口传来，吕红一、夏目漱和莫怀意像一群饥饿的难民来到卫国的房间。吕红一说都来了，那么说是真的了？听说卫国要请我吃饭，我还以为是别人造谣。卫国侧脸面对墙壁，装着没有听见。吕红一和夏目漱把他从床上架起来，一直把他架出门口。卫国说你们没长眼睛吗？我还没穿裤子。他们让卫国穿上裤子，然后又架着他往楼下走。卫国说你们还没吃午饭吗？西出阳说没有。卫国说李晓东，这是怎么回事？你不是吃午饭了吗？李晓东看了西出阳一眼，说吃过了再吃，现在就去吃。卫国说我还没有带钱包。莫怀意举起一个皮夹子，说我已经帮你带上了。

　　卫国被他们挟持到大排档。这是学院附近有名的大排档，百来张餐桌沿马路一字排开，站在这头望不到那头，到处都是弯腰吃喝的人群。他们的头低下去，膀子高耸起来，嚼食的声音像从扩音器里传出来一样响亮。

疏枝 / 2014年 / 70cm×35cm

花房賦妙
紅蓮采—
艷色鮮如
紫牡丹
唯有詩
人能解愛丹青
猶出于君

毫蠆圖之一 / 2008年 / 68cm×40cm

西出阳之流从中午喝到晚上，喝掉了五瓶一斤装的二锅头。除了卫国，他们每个人都有些摇晃。夏目漱举起一杯酒递给卫国。卫国说我不喝。夏目漱说无论如何你得把这杯酒喝下去。卫国摇摇头。夏目漱强行把杯子塞进卫国的嘴巴。卫国紧咬牙齿，酒从他的两个嘴角分流而出滴到他的裤子上，裤子上像下了一阵雨。夏目漱想用杯子撬开卫国的嘴巴，但是卫国的牙齿比钳子还硬，酒杯被他咬破了。

餐桌上响起一巴掌，那是李晓东拍出来的，所有的碗筷和酒杯都战战兢兢，嘈杂的声音突然消失，目光都聚集在他的脸上。李晓东的手在头发上一撩，藏在里面的一条伤疤暴露在灯光下。他说卫国，你看看这是什么？卫国说一条又长又丑的伤疤。李晓东说知道它是怎么留在上面的吗？卫国说不是偷看女生洗澡跌破的，就是小时候要不到零花钱，一头撞到桌子上撞伤的。李晓东抓起一个酒瓶在桌上一敲，酒瓶的底部立即变成了牙齿，它像张开的鲨鱼嘴对着卫国的脸。李晓东说这酒我们喝得你为什么喝不得？告诉你，这条伤疤就是劝别人喝酒时留下来的。李晓东的半截酒瓶又向前递进一步。

卫国突然想离开餐桌，但是被夏目漱一把按住。这时吕红一抓住他的左手，夏目漱抓住他的右手，莫怀意按住他的肩膀，李晓东抓住敲烂的酒瓶，西出阳端起酒杯。卫国已被重重包围。西出阳把酒杯送到卫国的嘴边，像父亲对儿子那样亲切地说喝吧，何必亏待自己呢。西出阳一连往卫国的嘴里灌了五杯二锅头，大家才把手从卫国的身上拿开。大家把手一拿开，一直站着的手里捏着酒瓶的李晓东哗啦一声坐到地板上，就像一摊水洒在地板上。他已经醉得连站的力气都没有了。

整个餐桌被卫国那张比红墨水还红的脸照亮。他稳住身子，举起酒杯说晓东，你不是说要喝酒吗，来，我和你干一杯。卫国没有看见李晓东已经跌在地板上，他的酒杯在空中晃了一下，自己就喝了起来。

20

西出阳问卫国，喝了几杯后你最想干什么？卫国说想、想女人。吕红一说想谁？卫国说冯、冯尘……夏目漱说冯尘是谁？卫国一挥手，说现在我就带你们去见、见她。

卫国走在前面，其余的人都跟着他。李晓东实在醉得不行，就由莫怀意和夏目漱搀扶着。他们走走停停，像糨糊一样黏在一起，走的时候三个人一起走，斜的时候三个人一起斜。只有西出阳和吕红一还跟得上卫国的步伐。

他们来到女生宿舍门口，想从铁门闯进去。门卫拦住他们。卫国说你把冯尘给我呼、呼、呼出来。门卫对着话筒喊了几声冯尘。西出阳看见一个穿着花格子裙的女生从里面走出来。她的腰部细得一把就可以掐断，臀部却大得像个轮胎，胸前挺着的地方在昏暗的路灯中上下跳跃，像两个正在奔跑的运动员。西出阳预感到一件大事正朝着他们走来。女生前进一步他就后退一步。他后退一步，其他人也跟着他后退一步。他们一直退到阴暗的角落，只留下卫国一个人孤零零地站在铁门前，让门口那只一百瓦的灯泡照耀着他的头顶，同时也照耀着他头顶飞舞着的细小的蚊虫。

女生走出铁门，看见卫国站在离铁门十几远米的地方。那是什么地方？那是铁门前最明亮的地方。光线罩着卫老师。她慢腾腾地走过来，一边走一边朝四周看，没有发现别的人，就走到卫国面前，说是你找我吗，卫老师？卫国的鼻孔里喷出几声粗气，双手往前一合抱住冯尘，说冯尘，我、我……话没说清楚，他的嘴巴已经狠狠地撞到冯尘的脸上。由于撞击的速度过快产生了加速度，卫国的鼻梁一阵发酸。这一酸，使其他动作没有及时跟上。冯尘趁机扬手扇了他一巴掌。

门卫从铁门里跑出来，路过这里的学生也围了上来。都已经二十二点钟了，哪来那么多学生？他们像从地里冒出来似的，那么迅速那么密集。卫国的眼睛本来就模糊了，现在突然看见那么多学生，眼睛就更加模糊。他被那么多的学生吓怕了，紧紧地抱着冯尘，嘴里不停地说他们要干什么？

面对愈来愈多的人，冯尘又及时地给了卫国一巴掌。这一巴掌把卫国的手打松了。他的身体像一件挂在冯尘身上的衣裳，沿着冯尘的身体往下滑落，而且还在冯尘的胸口处挂了一下。卫国横躺在地上，眼睛慢慢地合拢，像一个临死的人。冯尘这时才想起自己没有哭。我为什么不哭？我现在就放声大哭。冯尘哇的一声哭了。她哭着转身跑进女生宿舍。她的哭声就像一只高音喇叭，盖住了学生们的声音。

四名保安把卫国抬到保卫处的办公室。他们把他放到办公桌上，就像放一头刚刚杀死的猪。他们向卫国问话，回答他们的是鼾声和酒气。保安摇动他的膀子，摇啊摇，他们没有摇出话来，却从他的嘴里摇出一堆食物。保安乙端起门角的半桶水，对着办公桌上的那堆食物想冲。保安甲推开保安乙的水桶，说慢，也许这些食物对我们破案有用。四名保安立即围住那堆食物，他们的额头亲切地碰了一下，然后各自往后收缩了几厘米。他们看见这堆食物里包括了豆芽、鸡肉、苦马菜、竹笋以及……以及什么呢？他们再也看不清楚里面还包括了些什么？学院为了节约用电，只在他们头上安装了二十五瓦的灯泡。这样的灯泡无法分辨出这么一堆复杂的食物。保安丙从抽屉里拿出一个手电筒，手电筒的光正好把那堆食物罩住。但是除了豆芽、鸡肉、苦马菜、竹笋，即使再加几个手电筒，他们也没能多叫出一种食物的名称。在这堆食物中，有一块硬东西。保安乙说是没有嚼烂的姜。保安丁说是一块骨头。保安丙说他怎么会把骨头吞进去呢？保安甲说我看像一块石头。他们为那块坚硬的东西争论起来。

争了一会儿，保安乙把那半桶水提到桌子上，用一只口盅往卫国的嘴里灌水。水刚刚流进卫国的喉咙，只停了两秒钟便从他的嘴里喷出来，一直喷到天花板上，像一个小型的喷泉，水花四射，可惜没有音乐。他们不得不承认卫国是真的醉了，但是审问必须在今夜进行。他们赶走窗外的围观者，拉上窗帘，关上门，每人嘴里叼上一支烟。从他们没有完全被香烟堵死的嘴角，不时冒出：姜、骨头、石头。他们坐在办公室的沙发上，不时地争论，耐心地等着卫国开口。

等地板上铺满烟头的时候，卫国叫了一声水。保安甲扶起卫国，把一口盅凉开水递给他。他揉揉眼睛问保安甲，这是在哪里？保安甲说这是保卫处。卫国的口盅立即落到地板上。那是一只掉了把的搪瓷口盅，它落在地板上时没有发出破碎的响声，只是当啷当啷地在地板上滚动着，一直滚到门角才停下来。卫国说他们呢？保安甲说哪个他们？卫国说西出阳他们。保安甲说我没有看见他们。卫国跳下桌子朝门口走去。保安乙拦住他。他说别拦我，我要回家。保安乙说你把问题说清楚了才能回去。卫国说什么问题？保安乙说你对女学生耍流氓的问题。卫国说哪个女学生？保安乙说冯尘。卫国说不可能，这怎么可能？保安乙说怎么不可能，起码有三百多个学生可以作证。卫国睁大眼睛，头上像浇了一盆冷水，他现在唯一的念头就是尽快从这里逃走。

他挣脱保安乙拉开门想往外冲，保安丙立即用自己肥胖的身体堵住门缝，他的头撞到保安丙的胸口上。保安丙说你竟敢撞我？他本想向保安丙道歉，但保安丙已经把他推倒在地板上。他从地板上站起来，身体摇摇晃晃，丧失了平衡。他的手在空中挥舞着，想要抓住一件可靠的东西来稳住自己。他抓到了办公桌上的水壶。水壶摇晃一下，从桌上摔下去。一个水壶摔下去，两个水壶摔下去，三个水壶跟着摔下去。它们全摔碎了。保安丁说你竟敢砸保卫处的水壶？卫国听保安丁这么一说，身子竟然不摇晃了。他想才几秒钟时间，我又是撞保安又是砸水壶，这不是罪上加罪吗？我可是彻底地完蛋啦。但是我要从这里出去，我只想从这里出去，我不撞你们打你们不砸水壶不对女学生耍流氓，真的，我只想从这里出去。

卫国抓起一把椅子护住自己的胸膛朝门边走。保安甲说你想打架吗？卫国说不，我要出去。保安甲说把椅子放下。卫国说只要让我走出门口，我就把椅子放下。但是我求你们，求你们不要往我的椅子撞。保安甲伸手去抓卫国手里的椅子。卫国把椅子高高地举起来，在举的一瞬间椅子腿刮到了保安甲的下巴。保安甲倒下了，下巴冒出一股鲜血。保安乙说你竟敢打保安？放下，你再不放下，我就把你铐起来。卫国想我又犯下了一条打保安的罪名，这下可真的完蛋啦，完蛋就完蛋吧。他举起椅子，朝玻璃窗砸过去，窗口上的玻璃稀里哗啦地塌下来。他一屁股坐在玻璃上，嘴里发出呜呜呜的哭声，哭声夹杂着说话声。我叫你不要往椅子上撞，你偏要往椅子上撞，这不是逼我吗？我都快三十岁了，还没谈过恋爱，都已经是副教授了，还没吻过女人。你们干吗还要逼我？

21

被卫国拥抱之后，冯尘给母亲打了一个电话。这一夜她几乎没有合眼。墙壁是黑的，窗口也是黑的。她看见一只手，正在黑漆漆的窗口上粉刷。那只手一来一往，把白色的油漆均匀地涂到方框里，刷子所到之处，窗口慢慢地变白。几丝黏稠的油漆从刷子上脱离，滴到窗台上，窗台于是也变白了。

天亮了，冯尘从床上坐起来，第一个念头就是去食堂打早餐。但是她想这是不是太正常了？我既不能去打早餐，也不应该去上课。冯尘重新躺到床上，一躺就躺到下午。这一次她是真的睡着了。

冯尘是被楼下的一阵气喘声惊醒的，那是哮喘病患者发出来的粗糙而又亲切的喘息声，现在它正沿着楼梯逶迤而上，一直逶迤到她的床前。听到喘息声隔着蚊帐喷到自己的脸上，冯尘突然想哭。但是她怎么也哭不起来。冯尘打开蚊帐，看见母亲红歌的眼圈让那些差不多要流出来的泪水泡红了。母亲抹了一把眼眶，说你哭过了吗？冯尘说哭过了。母亲说我想见见他。冯尘说可是我不想见他。母亲说你以为我真想见他吗？NO，是我的手掌想见他。自从接了你的电话，我的手掌一直都在躁动，现在已迫不及待了。冯尘说你想对他怎样？母亲说不怎么样，就想狠狠地扇他一巴掌。冯尘说我已经扇过了。母亲说他这么流氓，一巴掌算得了什么？一巴掌算是便宜他了。冯尘说还是算了吧，我还要在学校待下去。母亲说怎么能算了？我把你养大容易吗？我跟单位请假容易吗？好不容易来一趟，怎么能算了？你去不去？你不去我就一头撞死算了。

　　冯尘带着母亲来到卫国住宿的单身汉楼前。这时太阳正好偏西，光线照着她们的背部。尽管她们离楼房还有十几米远，但是她们的影子却先期爬上了楼梯。红歌比冯尘肥胖一倍，所以她的影子也比冯尘的影子肥胖一倍。她走一步骂一句，每一声骂都顶得上一颗炮仗。冯尘说妈，你能不能小点儿声？红歌说我干吗要小点儿声？又不是我耍流氓。冯尘弯下腰，说妈，我的凉鞋坏了，我走不动了。红歌推了冯尘一把，说那就提着凉鞋走，告诉我他住在哪一间？冯尘指着四楼的一个房间。红歌甩下冯尘，朝着四楼飞奔而去。喘息声消失了，母亲身轻如燕，跑得比卡尔·刘易斯还快。

　　楼上很快就传来了拍门声和母亲的叫骂声：你这个流氓，为什么不开门？你怕了是不是？既然害怕，为什么还抱我的女儿？谁抱我的女儿，谁就不得好死。开门，快开门，让我看看你的脸皮有多厚？让我看看你的脸皮有几斤？让我看看你经不经得起我的一巴掌？

冯尘冲到四楼，看见母亲还执着地拍打着门板，每一次都把她肥大的手掌拍到门板的一个手印上。砰砰砰……门板快要被拍垮了。冯尘的到来，使红歌的胆子更壮。她说你来得正好，现在你跟着我一起骂，我骂一句，你骂一句，一直把这扇门骂开。红歌清清嗓子，骂道：你也有父母，你也有姐妹，如果别人对你的亲人耍流氓，你会怎么想？骂呀，冯尘，你怎么不骂？冯尘犹豫了一下，骂道：你也有父母，你也有姐妹，如果别人对你的亲人耍流氓，你会怎么想？红歌的手臂在空气中一挥，说你的声音比蚊子的声音还小，连我都听不清楚，他怎么会听见？你要骂大声一点儿，还要愤怒，就像我这样。红歌张开大嘴，提高嗓门：你也有父母……来，再来一次。冯尘张了几次嘴巴都没有骂成。她看见七八个老师围过来。冯尘说妈，你别在这里丢人现

眼了。红歌说我丢什么人了？丢人的是他。你到底骂

不骂？冯尘说不骂。红歌说你真的不骂？冯尘说不骂。

红歌说原来你并不恨他，原来你跟他是一丘之貉。你

不骂我骂。红歌扯着嗓门又骂了起来，谁对我的女儿

耍流氓，谁就给我站出来，知道吗？这是要负法律责

任的……

冯尘转身跑开。

22

西出阳跑到保卫处，看见四名保安端坐在各自的座

位上，保安甲的下巴贴着一块纱布。西出阳问卫国呢？

你们把卫国关到哪里去了？四名保安相互看了一眼，没

有谁回答西出阳。西出阳说一定是出事了，卫国的房门

和窗户紧闭着，冯尘的母亲在他门口骂了大半天都没有

把门骂开。保安乙说我们已经把他放了，天差不多亮的

时候他才从我们这里出去。西出阳说他会不会自杀？保安乙说不会吧，我们只叫他按了一个手印，他连手都没有洗，就走了。西出阳说你们还是去看看吧。

保安乙和保安丙跟着西出阳来到卫国的房门前。红歌就像看见了救星，说盼星星盼月亮，终于把你们给盼来了。你们把他叫出来，让我扇他一巴掌，就一巴掌，否则我就站在这里直到把他骂死。保安丙推开红歌，拍了几下卫国的门板，大叫几声卫国。屋子里没有声音。保安丙解下皮带上的警棍，对着门框上的气窗来了一下，玻璃哗啦哗啦地掉下来。保安乙双脚往上一跳，两手抓住门上方的横条，做了一个引体向上，头部从气窗伸进去。他看见里面摆着一张床，床上铺着凌乱的床单，旁边一个锑桶、一个皮箱、一个衣柜、一个书桌、一把藤椅、一张小圆桌、四张折叠椅，就是没有人。他摇摇头，双手一松，身体落地，说他不在里面，除非他睡到床铺底下。他会睡到床铺下吗？他是什么职称？西出阳说副高。保安乙说那他不可能睡到床铺底下。我们没有逼供，他怎么会不见了呢？也许他出去喝酒去了。你叫什么名字？西出阳。保安乙说有什么情况随时向我们汇报。

　　一连两天，西出阳都在注意卫国的宿舍。一切迹象表明，卫国不在宿舍里。到了第三天下午，西出阳发现一股浓烟从保安敲碎的气窗里冒出来。西出阳一口气跑上四楼，双手扒到气窗上。他看见屋子里除了烟雾还是烟雾，一个模糊的身影正在烟雾里烧信件。西出阳说卫国，你千万别想不开，你千万别把那些论文烧了，别把研究宇宙飞船的资料烧了。卫国只管低头烧信，没有抬头看扒在气窗上的西出阳。西出阳扒了一会儿，手臂一松掉到走廊上。他甩甩手，休息一会儿，又重新扒上去。如此反复几次，烟雾愈来愈浓，那个模糊的卫国已经被浓烟紧紧地包裹。西出阳踢了几下门板。门开处，一股呛鼻的气味冲出来。卫国的身子摇晃一下，勉强靠在门框上。西出阳发现卫国的脸瘦了一圈，像脱了一层壳。西出阳说原来你真的在里面？他们没有看见你，你是不是睡在床铺底下？卫国用舌头舔舔嘴唇，说水。西出阳把耳朵贴到卫国的嘴上，说什么？你说什么？卫国说我要辞职。

23

　　卫国抱着讲义夹走进教室时，学生们还以为走进来的是一位新老师。等他站到讲台上，用目光在教室里扫了一遍以后，学生们才记起这张似曾相识的面孔。卫国瘦得连一阵轻风就可以把他吹倒。

　　教室里座无虚席，这使卫国的心里略略有一丝兴奋。他放下讲义夹转身在黑板上写下一个大大的 N 和一个大大的 S，然后指着 N 说，同学们，这是什么？学生们回答北极。他又用手指了一下 S，学生们回答南极。

他说你们都知道，这是磁极中的南极和北极，它们只要稍微靠近就会紧紧地贴在一起。现在我给它们分别加上一个名字。卫国在 N 的旁边写上张三，在 S 的旁边写上李四。

如果给它们一加上名字，你们会想到什么？秦度你说说。秦度站起来，说它们一个是男人一个是女人。教室里滚过一阵笑声。卫国说坐下，冯尘同学。卫国朝冯尘看过去，一些知道内情的学生也跟着卫国的目光朝冯尘看过去。冯尘把脸埋在课桌上，一堆浓黑的头发盖住她的脸。卫国说冯尘同学，请你站起来回答问题。冯尘同学还是没有站起来。卫国叫周汉平同学。周汉平站起来。卫国说如果你看到 N 和 S 贴在一起会惊讶吗？周汉平说不会。卫国说但是你看到张三和李四贴在一起，是不是很惊讶？周汉平说有一点儿。

卫国拍拍讲台，一团粉笔灰蹿起来，像雪花弥漫。学生们再也看不见他，但是却听得见他。他说物与物异性相吸是一种我们司空见惯的现象，但是人与人为什么就不被司空见惯？其实我们都是女娲用泥巴捏出来的一种物。我们都是泥巴。在卫国的"巴"字声中，粉笔灰纷纷下落，卫国又重新回到学生们的视野。这时他看见周汉平仍然站着，就说了一声坐下。周汉平坐下。

我已经好几天没睡觉了，你们看，卫国摸了摸自己的下巴，说你们都快认不出我了吧？这时卫国发现冯尘的头发裂开了一道缝。她一定是在偷偷地看我。卫国举起一张纸，说知道我为什么这么瘦吗？就是为了这一份问卷。希望你们本着为老师负责的精神，认真地回答。

卫国从讲义夹里拉出一沓问卷走下讲台，分发给学生。问卷的内容包括"辞职有什么利弊？""卫老师应不应该辞职？"两项。发完试卷，卫国背着双手像平时监考那样在教室的空道里走来走去。他的身体在走，眼角的余光却落在冯尘的头发上。冯尘一直把头埋着。卫国想她还是碍于面子。这时，保安乙和保安丙拿着一个本

子走进教室。卫国说出去，没看见正在考试吗？保安丙
打开本子，说请你按一个手印。卫国说不是按过了吗？
保安丙说那是耍流氓的，这是殴打保安和砸窗口的。卫
国说你才耍流氓。我没有殴打保安，是保安自己碰到椅
子上。保安乙说保安就是傻瓜吗？就会自己往椅子上碰
吗？你把我们当什么人了？卫国说你们承不承认那晚我
喝醉了？保安乙说打人的时候，你已经不醉了。卫国一
转身，说同学们，真是冤啦，那天下午我们喝了五瓶二
锅头，他们竟然说我没喝醉？真是岂有此理！你们知道
我从来不喝酒，可是那天下午我们喝了五瓶，我一个人
就差不多喝了一斤，他们竟然说我没喝醉？

　　说着说着，卫国发现所有的学生都在看着他笑。他
们的嘴巴张大了，声音却没有传到我的耳朵里。我的耳
朵出问题了吗？我干吗要跟学生说这些？卫国说能不能
出去谈？保安丙说你不按手印我们就不出去。卫国夺过
保安丙手里的本子，把右手的大拇指戳进印油，然后在

本子上狠狠地按了一下。这下你满意了吧？卫国把本子

丢到地上说，滚出去。保安丙捡起本子，退出教室。

24

　　下课时，卫国紧紧地攥着这些皱巴巴的问卷走出教

室。他看见有的问卷上只简单地写着：利或弊；应该或

不应该。有的问卷则长篇大论，话题从国外的政治经济

形势引申到国内的政治经济形势，问卷的正面写满了，

接着写问卷的背面，但是一直写到最后一个句号，也没

讲明该不该辞职，没有给他指出方向。有一半的问卷上

写道：卫老师辞职是我院的重大损失。也有几张问卷写

着：与我无关。卫国在这一大团乱糟糟的问卷中翻来翻

去，他在急迫地寻找熟悉的字体。终于他从四十多张问

卷中找到了冯尘的那张，上面写着：弃权。

　　卫国的脑袋"轰"地一响。起先他以为是心理的，

但仅仅千分之一秒钟疼痛就由脑门向全身扩散。这时他才明白，这是一次真正的响，他的脑门撞到了路边的水泥电线杆。他摸着正在起包的脑门自言自语：我又不是陈景润，为何要撞电线杆？他揉揉那个包，把问卷统统丢进垃圾桶。

同学们拿着饭盒从教室里出来，往第三食堂走去。冯尘最后出来，她的手里拿着一个铝饭盒。她一边走一边甩动手臂，像是要把饭盒里的水甩干。等冯尘来到面前，卫国叫了她的名字。冯尘张了一下嘴巴，满脸惊讶。卫国问为什么弃权？冯尘看了看周围，没有发现熟人，便站在原地不停地甩着饭盒。卫国说你的意见怎样？辞或是不辞？冯尘忍受不了卫国逼人的目光，扭头看着那只装满问卷的垃圾桶。卫国说我就想听听你的意见。冯尘的嘴巴动了一下。卫国以为答案就要从那里出来了，于是拉长耳朵等待。耳朵快拉到了下巴上，答案还没出现。卫国有一丝失望。卫国说你叫我辞，我就辞，我只在乎你的意见。冯尘又动了动嘴巴，问非得说吗？卫国说非得说。冯尘说辞得越快越好，别让我再看到你。

说完这句话，冯尘就拿着饭盒往前跑。跑了十几步，饭盒当啷一声掉到地上。她停下来捡饭盒，卫国追了上去。卫国说那天你母亲骂我，我全听到了。我已经没有父母，他们都死了。我也没有兄弟姐妹。我没有亲人，所以我不知道他们被人耍流氓时，我会是一种什么样的感受。冯尘捡起饭盒，骂了一声流氓，继续朝前跑。卫国对着她的背影说，我不是耍流氓，我是认真的。

流氓，你就是耍流氓，你要是再纠缠，我就起诉你。

25

卫国敲开西出阳的房门，看见西出阳穿着一条三角裤衩躺在床上。卫国说她恨死我了。西出阳说她不告你，已经很给面子了。卫国说我是真的爱她，如果不是醉酒，我会等到她毕业以后再表白。西出阳对着眼镜哈了一口气，用纸巾擦着厚厚的镜片，说那天晚上你是真醉或是假醉？卫国说不是你把我灌醉的吗？西出阳说我是第一个醉的，我什么也不记得了，我还以为你是装醉。卫国想他竟然不记得了，明明是他把我灌醉的，他竟然不记得了，竖子不足与谋。

敲了好久，吕红一才把门打开。卫国看见吕红一的房间里坐着一个女的，床下散落几团卫生纸，到处都是青草的味道。卫国说正忙呢？吕红一说没关系，进来吧。卫国走进来，坐到书桌前的藤椅上。卫国说她骂我流氓了，你说我还有没有戏？吕红一没说话，只一个劲地朝卫国点头，傻笑，还不停地跟姑娘挤眉弄眼。卫国想他根本就没听，于是刹住话头。吕红一以为卫国还在讲，头依然在点，脸依然在笑。卫国说你点点点什么？我都不说话了。吕红一"啊"了一声，说我一直在听呢，你为什么不说了？卫国说我就想请你帮我判断一下，我跟冯尘还有没有戏？吕红一笑笑，说你说什么？卫国从藤椅上站起来，说你根本就没听我说话。

站在楼外的草地上，卫国的额头上挂满汗珠。他把狐朋狗友都想了一遍，顿觉这个中午没有一点儿意思，虽然阳光灿烂，蝉声高唱，但就是没意思。他不知道下一步该往哪里，便漫无目的地走着，走到了莫怀意的门前，看见门板上贴着一张字条："本人已出差，有事请留言。"一支铅笔吊在门框上轻轻地晃动，一沓裁好的纸片装在一个纸盒里。卫国好奇地把那些纸片掏出来，纸片上干干净净，一句留言都没有。卫国把那些纸片放进去，再往前走两间，到了夏目漱的房间。他敲了敲门板，里面无反应，便把耳朵贴到门板上，什么也没听见。难道你们都出差了吗？

现在所有的希望都寄托在李晓东身上。卫国朝前走了三百米，转了两次弯，来到十九栋李晓东的门前。李晓东的门敞着，他正平举哑铃做扩胸运动。卫国说晓东，我是来跟你道别的，我要辞职了。他的语气里有一丝凄凉，把李晓东的热汗吓成了冷汗。李晓东放下哑铃，伸手摸卫国的脑门，说你没有犯病吧？卫国打掉李晓东的手，说你才犯病。李晓东说不犯病干吗辞职？开什么国际玩笑？你刚评上副高，干吗要辞职？卫国说不干吗。李晓东摇摇头，捡起哑铃又练了起来。卫国听到他的喘气声愈来愈粗，忽然，他冒了一句：你怎么会辞职？我知道你是在跟我开玩笑。卫国转身离去。

午休时间，校园的大道上只有稀稀拉拉的几个人。卫国走在大道上，有些迷茫。身后，突然刮起一阵风，半张报纸吹到他的脚后跟。他朝报纸踢了一下。报纸似乎害羞了，停在原地打转，等卫国往前走了几步，它又跟上。卫国拐弯，它也跟着拐弯，好像它是他养的一只宠物。卫国弯腰把报纸捡起来，瞄了瞄，发现上面登着一则招聘启事。卫国赶紧拍掉报纸上的灰尘，眼睛顿时亮了。

26

收拾好皮箱，卫国想总得找个人告别吧，有谁值得告别呢？没有。他呆呆地坐在皮箱上，看着手表，鼻孔里涌起一股酸涩。他抽抽鼻子，说冯尘，对不起，请接受我的道歉，请原谅。墙壁静悄悄的，上面贴着"不准吸烟"四个字。

卫国提着皮箱朝校门走去。几辆的士从他面前驶过，他没有招手。他想一步一步地走出这个他生活了几年的校园，甚至还想量一量从他住宿的地方到校门口到底有多少米？他一步一步地量着，当他量到莫怀意宿舍的时候，忽然想弯进去给莫怀意留几句话。也许，他是值得我告别的，也许他一点儿也不值得我告别，但是，我总得跟一个人告别，我不是灰尘，又不是风，我得留下信息，免得他们报案或者到河里去找尸体。

怀意兄，我没脸待下去了，我走了。

卫国看看自己的留言，似乎是不满意。他把纸片捏成一团丢到地上，掏出一张新的纸片另写。他写道：怀意兄，只有你才是我的兄弟，所以我要告诉你，我走了。卫国看了一会儿留言，摇摇头，又把纸片捏成一团，丢到地上，重新掏出一张，发了一会儿呆，然后写道：怀意兄，不要问我到哪里去，我的故乡在远方。

他对着纸片又看了一会儿，仍然不满意。他不知道写什么好，拿着铅笔的手开始抖动起来，新的纸片被他戳出了好几个洞，一滴泪掉到纸片上。卫国想我哭了吗？我怎么哭了？真没出息。卫国抹了一把眼角，写道：怀意，请代我向冯尘道个歉，我去海边找工作，谢谢！你的朋友卫国。

27

卫国提着皮箱爬上一列南下的火车。火车驶出郊外，他透过车窗看见学院的围墙和冒出围墙的楼房、树顶。多么熟悉的围墙，多么浓烈的酒味。卫国闻到了从几公里之外的校园飘过来的酒味。

火车哐当哐当，窗外闪过一座座村庄和一排排树。卫国突然感到脖子上奇痒难耐，用手抓了一下脖子，抓出一根头发。头发愈拉愈长，他用双手把它绷直，发现这是一根微微卷曲的头发，发梢染成黄色。目测，头发长约六厘米。谁的头发？卫国看看对铺，是个短发男人，抬头，看见一个女人盘腿坐在中铺梳头。她的身子微微外倾，头发悬在空中，每梳一下，就有几根头发掉下来，落在卫国的头上、肩上。

女人发现卫国瞪着两只涂满生血的眼睛，目不转睛地看着自己，忙从中铺跳到下铺，嘴里不停地说对不起，我不是故意的，我马上给你拈掉。她的手指在卫国的脖子上和肩膀上拈了起来。她拈一下，卫国的脖子就缩一下，好像她不是在他的脖子上拈头发，而是往他的脖子里放冰块。拈了一会儿，她的手里累积了十几根长发。她把长发缠到牙刷把上，绿色的牙刷把变成了黑色的牙刷把。

火车在她缠完头发的时候到达一个车站，车窗外挤满食品推车，七八根粗细不一黑白分明的手臂从窗口伸进来。她从那些手臂上买了一大堆食品。拿到钱的手臂从窗口退出去，但新的手臂又举着食物伸进来。手臂们坚持着，一直等到火车晃动，才恋恋不舍地消失。

当她确认火车已经启动，便把一只鸡腿高高地举起，递到卫国的嘴边，说吃吧。卫国摇摇头。她说别客气，我叫顾南丹。卫国说不饿。顾南丹说不饿也得吃，谁叫我的头发掉到了你的脖子上呢？这只鸡腿，算是我给你的精神赔偿费。卫国接过鸡腿，放到边桌的饭盒上。火车晃了一下，鸡腿差点儿滚下来。卫国的双手及时护住鸡腿。

所有的人都在吃，包括顾南丹。他们满嘴流油。车厢里充斥着鸡腿、牛肉干、方便面、瓜子和花生的气味。在他们吧嗒吧嗒的嚼食声中，卫国忽然内急。他弯腰从卧铺底掏出皮箱，提着它往过道走，不小心，皮箱角挂住顾南丹的裙角。他每往前走一步，顾南丹的裙子就被撩起来十厘米。十厘米又十厘米，顾南丹的红裤衩都几乎暴露无遗了。关键时刻，顾南丹扯下裙角骂了一句流氓。卫国对"流氓"这两个字特别敏感，警惕地回头，发现顾南丹的脸刷的红了。卫国本想解释，但他实在是急得厉害，便提着皮箱朝厕所跑去。奔跑中，他的皮箱对过道上的人都进行了合理的冲撞。凡是被皮箱合理过的人，都盯着卫国，他们看见厕所那扇狭窄的门，快要让卫国和他的皮箱挤破了。

等到厕所外排起了长队，卫国才提着皮箱大摇大摆地走出来。这一下他轻松从容多了。他慢腾腾地走回自己的卧铺，看见他们还在吃，但是个别同志已经在用牙签剔牙齿了。卫国把皮箱塞到卧铺底下，打了一个饱嗝，伸了一个懒腰，一副酒足饭饱的样子。顾南丹吐出一粒瓜子壳，说我以为你要到站了。卫国说时间还长呢。顾南丹说那你刚才去哪里了？卫国说厕所。正在吃的人们听说他刚上过厕所，都离开他站到过道上去吃。顾南丹往嘴里丢了一粒瓜子，说上厕所干吗提着皮箱？卫国说你知道这是一只什么皮箱吗？顾南丹说不就是一只皮箱吗？卫国说它是我爸爸留苏时用过的皮箱。我爸爸，你知道吗？顾南丹说我怎么知道？卫国说卫思齐，著名的核能专家，参加过中国的第一颗原子弹爆炸试验。顾南丹像真的看到原子弹爆炸那样惊讶地张开嘴巴。

这是一张稍施口红的小嘴巴，在它张开的时候，粉红色的舌头上还搁着一粒黑瓜子。卫国的欲望被这张嘴巴挑逗，全身的皮肉在一刹那绷紧。他学着她的样子，也张了一下嘴巴，但是顾南丹没有被卫国张开的嘴巴吸引。卫国想是不是自己张得太大了，像一头河马，搞不好还有口臭。

卫国盯住顾南丹。顾南丹扭头看着窗外。卫国紧盯不放。顾南丹死鸡撑硬颈，坚持了一会儿，最终还是抵挡不住卫国的流氓习气。她抓起茶杯。卫国说去哪里？顾南丹说打水。卫国抢过她的茶杯，说我去帮你打。卫国像一个小孩，兴奋地跑过去，很快就打回了一杯热气腾腾的开水。卫国指着杯里的开水说，你怎么能自己去打水，万一烫伤了怎么办？你看看，你的皮肤那么嫩，哪里经得起烫。你的身材那么苗条，火车稍稍一晃，你就有可能跌倒。顾南丹眉开眼笑，说不至于吧，你是去北海吗？卫国点点头。顾南丹说旅游？卫国摇头。顾南

丹说到北海的人大部分是旅游，到北海不到海边住几
天，冲冲浪，那简直是白到。卫国说我连海都没见过。
顾南丹再次惊异地张开嘴巴，说不会吧，怎么会呢？

　　让顾南丹不停地张开嘴巴，是卫国期待的效果。他
想一路上我要以她不停地张开惊讶的嘴巴为目的。于是
卫国开始说一些他看到过的故事和新闻。他说有一个歹
人，在酒里下了蒙汗药，把一对夫妇灌醉，抢了他们
十万多块钱，然后反绑他们的手，把他们塞进一个油
桶……顾南丹的脖子缩了起来，说太可怕了，你别说
了，我想下去买一个哈密瓜。卫国说等火车一到站，我
就下去买。顾南丹说火车早就到站了。这时，卫国才发
现火车已经到了一个小站。他跑下去买了一个大大的哈
密瓜，放到边桌上。火车鸣了一声长笛，哈密瓜晃动起
来。卫国和顾南丹同时把手按到哈密瓜上。他们的手碰
到一起。站台渐渐退去。卫国说装进油桶还不算什么，
他还用水泥把油桶封死，然后把油桶沉到河里。这成了

一桩悬案，但凶手想不到半个月之后，河水突然枯干，油桶浮出水面，有好奇的人戳开油桶，发现里面封着两具死尸。公安局接到报案后，立即展开侦破，最后发现凶手是死者生前的好友。

顾南丹再次惊讶地张开嘴巴，甚至还伸出舌头。她终于伸出舌头了。卫国说所以小顾，出门千万要小心，不要相信任何人。顾南丹说那么我应该相信你吗？卫国说当然，我是什么人？我是好人。顾南丹说好人和坏人又不写到脸上，谁知道？

卫国在脑海里搜索另一个故事，想再吓吓顾南丹。但顾南丹不买账，她打了一个哈欠。卫国说想睡了吗？顾南丹说好困啊。卫国说你睡我的下铺吧，省得你爬上爬下的。顾南丹说那就谢谢了。卫国说我们没还吃哈密瓜呢。顾南丹从包里掏出一把长长的水果刀。卫国把哈密瓜破开。他们吃了几瓣哈密瓜就睡觉。

卫国睡到中铺，顾南丹睡到下铺。

寻找中国式的灵感

从 20 世纪 80 年代至今，中国人的生活发生了巨变，我们有幸置身于这个巨变的时代，既看到了坚定不移的特色，也看到了灵活多变的市场经济，还看到了声色犬马和人心渐变。我们从关心政治到关心生活，从狂热到冷静，从集体到个体，从禁忌到放荡，从贫穷到富有，从平均到差别，从羞于谈钱到金钱万能……每一点滴的改变都曾让我们的身心紧缩，仿佛瞬间经历冰火。中国在短短的几十年时间里，经历了西方几百年的历程，那种仿如"龟步蟹行"的心灵变化在此忽然提速，人心的跨度和拉扯度几乎超出了力学的限度，现实像拨弄琵琶一样无时不在拨弄着我们的心弦，刺激我们的神经。一个巨变的时代，给文学提供了足够的养分，我们理应写出更多的伟大的文学作品。然而，遗憾的是，我们分明坐在文学的富矿之上，却鲜有与优质材料对等的佳作，特别是直面现实的佳作。

不得不怀疑，我们已经丧失了直面现实的写作能力。下这个结论的时候，连我自己都有些不服气。但必须声明，本文所说的"直面现实的写作"不是指简单地照搬生活，不是不经过作家深思熟虑的流水账般的记录。这里所强调的"直面现实的写作"，是指经过作家观察思考之后，有提炼有概括的写作。这种传统的现实主义写作方法，在20世纪90年代被年轻的写作者们轻视。他们，包括我，急于恶补写作技术，在短短的几年时间里把西方的各种写作技法都演练了一遍。在练技法的过程中我们渐渐入迷，像相信科学救国那样相信技巧能够拯救文学。然而某天，当我们从技术课里猛地抬起头来，却发现我们已经变成了"哑巴"。面对一桌桌热辣滚烫的现实，我们不仅下不了嘴，还忽然失声，好像连发言都不会了。曾经，作家是重大事件、新鲜现象的第一发言人，他们曾经那么勇敢地亮出自己的观点，让读者及时明辨是非。但是，今天的作家们已经学会了沉默，他们或者说我们悄悄地背过身去，彻底地丧失了对现实发言的兴趣。

慢慢地，我们躲进小楼，闭上眼睛，对热气腾腾的生活视而不见，甘愿做个"盲人"。又渐渐地，我们干脆关上听觉器官，两耳不闻，情愿做个"聋人"。我们埋头于书本或者网络，勤奋地描写二手生活。我们有限度地与人交往，像"塞在瓶子里的蚯蚓，想从互相接触当中，从瓶子里汲取知识和养分"（海明威语）。我们从大量的外国名著那里学会了立意、结构和叙述，写出来的作品就像名著的胞弟，看上去都很美，但遗憾的是作品里没有中国气味，撒的都是进口香水。我们得到了技术，却没把技术用于本土，就连写作的素材也仿佛取自于名著们的故乡。当我们沉迷于技术，却忽略了技术主义者——法国新小说派作家罗布·格里耶清醒的提示："所有的作家都希望成为现实主义者，从来没有一个作家自诩为抽象主义者、幻术师、虚幻主义者、幻想迷、臆造者……"

为什么我们羞于对现实发言？原因不是一般的复杂，所谓的"迷恋技术"也许是"冒名顶替"，也许是因为现实太令人眼花缭乱了，它所发生的一切比做梦还快。我们从前不敢想象的事情，现在每天都在发生。美国有关机构做过一个关于当代人接受信息量的调查，结论是100年前的一个人一辈子接受的信息量，只相当于现在《纽约时报》一天所发布的信息量。面对如此纷繁复杂的信息，我们的大脑内存还来不及升级，难免会经常死机。我们对现象无力概括，对是非懒于判断，对读者怯于引导，从思考一个故事，降格为解释一个故事，再从解释一个故事降格到讲述一个故事。我们只是讲述者，我们只是故事的搬运工，却拿不出一个"正确的道德的态度"，因而渐渐地失去了读者的信任。所以，当务之急是升级我们的大脑硬盘，删除那些不必要的垃圾信息，腾出空间思考，以便处理一切有利于写作的素材，更重要的是，敢于亮出自己正确的态度，敢于直面现实，写作现实。

托尔斯泰的《复活》取材于一个真实事件，素材是检察官柯尼提供的一件真人真事。福楼拜的作品《包法利夫人》，其中女主角的人物原型来自于法国的德拉马尔，她是农民的女儿，1839年嫁给法国鲁昂医院的一名丧妻外科医生，福楼拜的父亲就是这家医院的院长。海明威的《老人与海》也是根据真人真事改编的。第一次世界大战结束后，海明威移居古巴，认识了老渔民富恩特斯。1930年，海明威乘的船在暴风雨中沉没，富恩特斯搭救了他，从此两人结下了深厚的友谊，并经常一起出海捕鱼。1936年，富恩特斯出海很远捕到了一条大鱼，但由于这条鱼太大，在海上拖了很长时间，结果在归程中被鲨鱼袭击，回来时只剩下一副骨架。在我们过分依赖想象的今天，看看这几位大师写作素材的来源，也许会对我们的取材有所提醒。别看见作家一用新闻素材就嗤之以鼻，往往新闻结束的地方文学才刚刚开始。

当然，只有一堆新闻还是不够的，我们还需深入现实的细部，像今年诺贝尔文学奖获得者阿历克谢耶维奇那样，用脚步，用倾听获得一手生活，或者像杜鲁门·卡波特写《冷血》那样，无数次与被访者交谈，彻底地挖掘出人物的内心。我们不缺技术，缺的是对现实的提炼和概括，缺的是直面现实的勇气，缺的是舍不得放下自己的身段。当我们感叹现实已经远远超出我们的想象时，我们没有理由不去现实中要素材，偷灵感。但所谓灵感，正如加西亚·马尔克斯所说："灵感既不是一种才能，也不是一种天赋，而是作家坚忍不拔的精神和精湛的技巧同他们所要表达的主题达成的一种和解。

当一个人想写点东西的时候，这个人和他要表达的主题之间就会产生一种互相制约的紧张关系，因为写作的人要设法探究主题，而主题则力图设置种种障碍。"因此，现实虽然丰富，却绝对没有一个灵感等着我们去捡拾。

我有一个错觉，或者说一种焦虑，好像作家、评论家和读者都在等待一部伟大的中国作品，这部作品最好有点像《红楼梦》，又有点像《战争与和平》，还有点像《百年孤独》。在中国作家还没获得诺贝尔文学奖之前，好多人都认为中国作家之所以没获得这个奖，是因为他们还没有写出像前面三部那样伟大的作品。当莫言先生获得这个奖之后，大家似乎还觉得不过瘾，还在继续期待，总觉得在如此丰富的现实面前，没有理由不产生一部内容扎实、思想深刻、人物栩栩如生的伟大作品。

数年前，美籍华人作家哈金受"伟大的美国小说"定义启发，给伟大的中国小说下了一个定义。他说伟大的中国小说应该是这样的："一部关于中国人经验的长篇小说，其中对人物和生活的描述如此深刻、丰富、正确并富有同情心，使得每一个有感情、有文化的中国人都能在故事中找到认同感。"他承认按照这个定义，"伟大的中国小说从未写成，也不会写成，就是《红楼梦》也不可能得到每一个有感情、有文化的中国人的认同，至多只是那个时代的小说的最高成就。也就是说，作家们必须放弃历史的完结感，必须建立起伟大的小说仍待写成的信念。"

在这个世界，其实并不存在一部与我们每个人的内心要求完全吻合的作品。一个作家想写出一部人人满意的作品，那是绝对的空想，而读者也别指望会有这么一部作品从天而降。这部所谓的伟大作品，需要众多的作家去共同完成，他们将从不同的角度来丰富它，慢慢形成高原，最后再形成高峰。所以，每个作家去完成他该完成的任务，这就是他为这个时代做出的写作贡献。